F.U. Ricardo

Einsame Spitze – an der Spitze einsam!

F. U. Ricardo

Einsame Spitze - an der Spitze einsam!

Ricardo, F.U.
Einsame Spitze – an der Spitze einsam!
– 1. Aufl. – 2010
Herstellung und Verlag:
Books on Demand GmbH, Norderstedt (www.bod.de)
ISBN: 978-3-8423-3777-0

Umschlagbild: Finsteraarhorn © Beat Heim, Kriens

Vorwort

Nicht alle, aber viele wünschen sich insgeheim, irgendwie und irgendwann einmal „an die Spitze" zu gelangen und als Star, als berühmte Persönlichkeit auf irgendeinem Gebiet nahezu eine gewisse „Unsterblichkeit" zu erlangen. Und die ganz Wenigen, die es erreicht haben?

Nach brausendem Applaus, nach Lobreden, nach Festivitäten oder gar Orgien, wenn man ganz allein und einsam in irgendeinem Hotelzimmer irgendwo auf der Welt erwacht, fühlt man sich doch einsam und allein! Also heisst dann die Devise: Auf zu neuen Aktivitäten und Highlights!

Aber irgendwann ist alles einmal zu Ende. Und dann? Dann kommt bei vielen die grosse Leere!

1

Beim genaueren Hinschauen, beim Analysieren seines Werdeganges, staunte Robert Seiler immer wieder, dass ausgerechnet er es geschafft hatte, in vielen sogenannten wichtigen Listen unter dem Titel „Who is Who?" bei den ersten Fünfzig oder gar Zwanzig seiner Zunft zu erscheinen. Planung war es nicht von Anfang an, aber ein Jugendtraum allemal! Also Zufall, unverschämtes Glück oder Ehrgeiz und unermüdlicher Fleiss?

„Das wissen die Götter und sagen es nicht!", dachte sich der begehrte ewige Junggeselle mit dem markanten Gesicht und der sonoren Stimme.

„Nur, wie lange hält dieser Zustand noch an? Es machen sich bei mir erste Ermüdungserscheinungen bemerkbar. Graue Haare sind zwar sogar manchmal verführerisch. Gewisse ‚Jahrringe' im Gesicht verleihen sogar eine intensivere Persönlichkeit und scheinen vermehrten persönlichen Charakter zu reflektieren. Aber langsam werden selbst an der absoluten Weltspitze gewisse Dinge alltäglich und somit sogar etwas langweilig!", sinnierte er.

Robert war nun anfangs Fünfzig, und es gab nicht mehr viele berühmte Bühnen in der Welt, auf denen er nicht gesungen und sowohl die Kunstbanausen als auch die echten Kenner begeistert hätte.

„Es sind aber immer wieder die gleichen Bretter, die die Welt bedeuten sollen!", philosophierte er weiter. „Und eigentlich immer auch die gleichen manchmal etwas langweiligen und gelangweilten Köpfe, denen man eben diese Langeweile vertreiben muss! Es sind immer die gleichen Hotels, die gleichen Flughäfen, die gleichen Konzertsäle und Opernhäuser, die gleichen Arien, die ich als weltbekannter Tenor hinschmettern, hinschmelzen oder auch mal hinflüstern muss, möglichst mit einem Augenaufschlag, der die Zuschauer fasziniert und erschauern lässt.

Welch ein grauenhaftes und lähmendes Gefühl, wenn man dann irgendwann bemerkt, dass die eigene Stimme und auch der Applaus etwas dünner ausfallen als auch schon!"

„Zudem wächst der Druck von oben, auch finanzieller Art, und von unten durch nachstrebende Talente manchmal schier ins Unermessliche. Wie lange hält das meine Stimme, meine Psyche, meine Gesundheit noch durch?", war oft beim Alleinsein in langweiligen und langen Hotelnächten seine bange Frage.

Eine eigene Familie hatte Robert nie. Er fand dafür keine Zeit. Die Frauen lagen ihm zwar zu Füssen! Aber mit der Zeit wirkt auch dies nicht mehr anregend und aufregend, sondern manchmal eher abstossend. „Es ist kaum meine Person, sondern meine propagierte und hochstilisierte Persönlichkeit, verbunden mit Ehre, Ruhm und Geld, auch mit dem in der Welt herumkommen, was bei den sogenannten Schönheiten zieht!", dachte er oft bitter.

So blieb er gegenüber früher die meisten Nächte bewusst allein in seiner Suite und nervte den Zimmerservice, leerte die Minibar, verbunden mit dem immer häufigeren Schlucken von immer stärkeren Schlaftabletten, um dann am andern Morgen gerädert aufzustehen. Denn sein Manager klopfte schon wieder ungeduldig an die Tür. Die nächsten Auftritte und neuen Engagements mit all den Verträgen und Gagen mussten abgehandelt und durchgearbeitet werden.

„Es ist überhaupt sonderbar, dass mir mein ‚bester Freund' und Topmanager seit einiger Zeit mehrmals ernsthaft vorschlägt, eine Auszeit zu nehmen und vernünftige und geruhsame Ferien zu planen! Ich muss ihn mal konkret fragen, was er damit wirklich meint! Ist es seiner Ansicht nach der Anfang vom Ende?"

Wieder einmal war es ein Abend mit wenigstens für seine Ohren mässigem Applaus in der berühmten und bekannten Carnegie Hall in New York. Zurück in seiner Suite, in der er bald jedes Detail kannte, im Hotel Plaza am Central Park, nebst dem Walldorf Astoria wohl das bekannteste Hotel New Yorks, ass er widerwillig und doch etwas hungrig im öffentlich zugänglichen und weit herum berühmten Oak Room in der Oak Bar sein sonst heissgeliebtes Spezialgericht, ein Beef-Sandwich mit gekochtem und dünn geschnittenem feinen Rindfleisch, nach echt jüdischer Art mit einer grossen Essiggurke und vielen Zwiebelringen. Dazu schlürfte er ein eher fades, aber eiskaltes amerikanisches Bier. Champagner kam später bestimmt noch in sein Zimmer von irgendeinem Fan oder einer lüsternen Dame.

Zuvor schmiss er seinen Frack achtlos in die Ecke seiner Suite, samt Seidenhemd und weisser Fliege, und fragte sich, ob wenigstens Mozart, Mendelssohn, Schubert, Haydn, Händel und wie sie alle hiessen mit ihm einigermassen zufrieden gewesen wären.

„Etliche der blasierten Blödiane von Zuschauern und die ewig Gelangweilten waren es nämlich kaum mehr! Liegt es wirklich an mir? Oder vielleicht doch eher an der Finanz- und Wirtschaftskrise, an der inneren Leere der Geldsäcke und an deren Angst, den Status der Schönen und Reichen zu verlieren? Jedenfalls war der Applaus höflich, aber nicht frenetisch wie noch vor einigen Jahren. Und meine Verbeugung vor diesem Pack war natürlich auch etwas steifer als auch schon. Sogar viel weniger Unterschriften wurden von den Fans erbeten, und auch die Blumengrüsse, die mich sonst eher ärgerten, bleiben meist aus!"

Auch sein Chauffeur, der ihn ins Plaza zurückbrachte, war vermutlich nur noch sehr freundlich wegen seines selbst für amerikanische Verhältnisse hohen Trinkgeldes.

Auf die höfliche Frage des Hoteldirektors: „Der Abend war gewiss wie immer ein grosser Erfolg und ein Erlebnis, Sir?", meinte Robert mürrisch-höflich: „Das müssen Sie morgen in der Zeitung lesen!"

„Ach wissen Sie, was die Zeitungsmenschen schreiben, selbst wenn sie sich Kunstsachverständige und Experten schimpfen, darüber lassen Sie sich mal morgen früh ein gutes Frühstück nicht verderben!"

„Ich fürchte mich bald vor meinem eigenen Schatten!", konstatierte Robert später, nach dem dritten Schnaps in seiner Suite, und starrte wieder das Gemälde über seinem Bett an, das angeblich Alexander den Grossen hoch zu Ross zeigte.

Von Alexander soll die interessante Geschichte mit einem scheuen und zugleich wilden und um sich schlagenden Pferd, das keiner bezwingen konnte, stammen. Dieser beobachtete das Tier längere Zeit, ging schliesslich langsam und behutsam mit beruhigenden Worten auf das edle Ross zu. Und siehe da, nach geraumer Zeit liess sich der sonst so verrückte Gaul von ihm streicheln, führen und sogar reiten. Auf die Frage nach dem Wie und Wieso soll Alexander geantwortet haben: „Das Tier hatte ganz einfach Angst, grosse Angst! Es fürchtete sich sogar vor seinem eigenen Schatten! Darum habe ich es Richtung Sonne gewendet, damit sein eigener Schatten klein wurde und vor allem hinter ihm lag!"

„Wer aber führt mich Richtung Sonne, wenn ich in Ängsten vor der Zukunft fast kaputt gehe?", fragte sich Robert.

„Und wo ist *meine* Sonne, wenn doch meine Berühmtheit, Bekanntheit und Beliebtheit abnimmt und mein Image bröckelt?" Unruhig und halb benebelt schlief er schliesslich doch ein und wurde von unruhigen Träumen gefoltert.

2

Das Telefon schrillte unerträglich und weckte Robert aus einem unruhigen Schlaf.

„Verflucht, kann denn mein Manager nicht etwas mehr Rücksicht nehmen auf meinen Zustand", brummte er, fahrig nach dem Hörer greifend. Hundert oder mehr Knochen taten ihm weh, und sein Schädel brummte wie ein Wespennest. Er wollte schon eine zynische Bemerkung in die Muschel schreien, als er auf seiner teuren Rolex aus Platin und Weissgold die Uhrzeit sah. „Nochmals verflucht, es ist ja bereits zehn Uhr morgens!" Darum krächzte er nur ein müdes „Hallo!" in den Apparat.

„Robert, habe ich dich geweckt?"

„Wer spricht denn hier?" „Diese Stimme habe ich doch vor hundert Jahren mal gut gekannt", durchzuckte es Robert. Er wusste aber beim besten Willen nicht, wo diese einzuordnen war.

„Dein alter Freund aus der alten Welt, du Schlafmütze! Patrick Müller, dein Schulkollege von damals. Ich war gestern in der Carnegie-Hall und wollte dich nach dem Konzert in deiner Künstlerkabine

17

aufsuchen. Aber du warst weg, schneller als der Teufel vor dem Weihwasser bist du geflüchtet! Übrigens: Du warst gestern Abend wieder mal grossartig!"

Wie wohl das Robert tat in seinem immer noch etwas umnebelten Hirn! „Oder ist das lediglich eine weitere Heuchelei? Aber Patrick – mein Gott – der heuchelte früher nie! Leider haben wir uns im Lauf der Zeit aus den Augen verloren, denn jeder ging seinen Weg, und später reiste jeder für seine Sache und seine Mission um die Welt!", bestürmten ihn in wenigen Augenblicken die Gedanken. Dabei wurde er plötzlich vollends wach und auch nüchtern.

„Mensch, Patrick! Du bist in New York! Sag mal, wie lange haben wir uns nicht mehr gesehen?"

„*Zu lange* nicht! Ich glaube, das sind viele Jahre her! Fünfzehn, zwanzig oder mehr?"

„Also, komm ins Plaza Hotel, am Central Park. Zum Frühstück ist es vermutlich zu spät. Treffen wir uns zum Lunch? Oder kennst du in Manhattan einen guten Italiener? Bei einem Risotto con Funghi oder bei Spaghetti all'arrabiata lässt sich besser plaudern!"

„Abgemacht! Ich bin so gegen 13 Uhr an der Rezeption im Plaza. Es gibt einen Italiener bei dir in der Nähe. Aber er ist verteufelt teuer!"

„Alles ist teuer hier. Vielleicht kann ich wenigstens den Aperitif auf meine Spesenrechnung nehmen. Mensch, Patrick, ich freue mich, mit dir über alte Zeiten zu plaudern! Bis bald!"

Nachdem Robert den Hörer aufgelegt hatte, fragte er sich: „Freue ich mich wirklich? Oder fürchte ich mich auch hier, und zwar vor meinem eigenen Schatten? Vermutlich tut mir diese Abwechslung vielleicht doch gut!"

Skeptisch, wie in letzter Zeit meistens, schmiss er sich in eine recht elegante Freizeitkleidung und betrachtete sich hernach kritisch im Spiegel. „Was wird wohl Patrick denken oder vielleicht sagen, wenn er meine Jahrringe im Gesicht sieht? Nun, er ist gewiss auch älter geworden. Hoffentlich erkenne ich ihn noch!"

3

Der Italiener war gut, sehr gut, und natürlich auch sündhaft teuer. Vor allem die Weine. Deren Preise waren einfach total überrissen. Aber „in vino veritas"! Und diese waren jeden Preis wert.

Die Laufbahn der beiden alten Freunde hätte nicht unterschiedlicher sein können. Beide stammten aus einem kleinen Dorf in Bayern und wurden später Freunde in einer Mittelschule in Augsburg. Der eine üblicherweise katholisch, der andere absolut unüblicherweise Mitglied einer kleinen Freikirche. Ihre Streitgespräche von damals hätten manchen Pastoren zur Weissglut getrieben, vielleicht aber auch Luther, Zwingli, Calvin und andere Erneuerer gefreut.

Nun sassen Patrick und Robert, die sich zuvor stürmisch und herzlich begrüsst hatten, als der Italiener längst geschlossen hatte, immer noch an der Bar eines Clubs, in dem eigentlich nur bekannte und berühmte Leute verkehren, bis morgens gegen zwei Uhr. Erinnerungen, philosophische Betrachtungen über gestern und heute, unsichere Aussichten für die Zukunft, dies liess die Zeit dahin schmelzen wie zu Hause der Schnee in der Märzsonne. Alle diese stundenlangen Gespräche würden allein ein Buch füllen. Aber wer liest so was?

Bayern ist für die meisten Leute ein urkatholisches Land. Bei näherer Betrachtung aber stimmt dies zumindest seit etlicher Zeit nicht mehr. Lediglich etwa knapp sechzig Prozent „bekennen" sich, wenigstens auf dem Papier, zur Römisch-Katholischen Kirche. Zwanzig Prozent nennen sich evangelisch, und weitere zwanzig Prozent teilen sich in viele andere Religionen und Konfessionen.

So wuchs Robert Seiler in Augsburg in einer mehr oder weniger strengen katholischen Familie auf, während Patrick Müller einer sogenannten Freikirche angehörte und deswegen von seinen Schulkameraden oft gehänselt wurde. Gerade diese vor allem bei Kindern nicht so ganz ernst zu nehmende Tatsache bestärkte aber Patrick, „seinen" Weg umso konsequenter zu gehen; nicht als Fundamentalist und gar total verdrehter Sektierer, aber als überzeugter Christ seines Bekenntnisses.

Beide Jungen träumten aber stetig von der grossen weiten Welt. Während Robert später seine Passion und seine Liebe zu Musik und Gesang als gefeierter Tenor ausleben konnte, stieg Patrick in seiner Kirche zunächst ehrenamtlich und dann Fulltime als sogenannter Laienprediger die interne Hierarchie hinauf bis zur zweithöchsten Position. Beide reisten sie also um die Welt, beide im Auftrag ethischer und schöner Mission in ihrem Beruf oder ihrer Berufung – und verloren sich eines Tages völlig aus den Augen. Umso intensiver war nun die Wiedersehensfreude in Manhattan.

„Hast du nicht auch manchmal Angst vor der Zukunft?", fragte Robert seinen ehemaligen Schulkameraden gegen Mitternacht an der Bar.

„Angst nicht! Du weißt ja nun um meine Arbeit! Aber Sorgen habe ich schon!", meinte Patrick.

„Keine Angst vor dem Ende?"

„Welches Ende? Meinst du, wenn man uns in fünf schwarzen Brettern hinausträgt, und dazu bei mir dann einer singt und ein anderer predigt und hoffentlich treffende Worte findet zu meinem Abschied?"

„Das auch! Aber vielleicht dauert dies ja noch etwas! Nein, aber ich meine, wenn eines Tages der grosse Absturz kommt und man im Alleinsein ertrinkt und vereinsamt und resigniert versimpelt!"

„Ich habe Familie und einen grossen Kreis echter Freunde!", meinte Patrick zuversichtlich.

„Du? Familie? Aber du bist doch eine Art Priester in deiner Kirche?"

„Ich habe den Zölibat nicht erfunden! Das war einer der Päpste so ungefähr im elften Jahrhundert. Meines Erachtens ein Unding, denn Petrus war zum Beispiel auch verheiratet!"

„Woher weißt du denn so etwas?"

„Junge, das steht in der Bibel! Und wenn du vielleicht auch nicht alles glaubst, was dort geschrieben steht, diese Geschichte kannst du ruhig glauben, denn Jesus heilte die Schwiegermutter des Petrus vom Fieber!"

„Man sollte auch mal eine Bibel zur Hand nehmen, ich weiss! Nicht nur immer neue Partituren studieren. Wenn mein „Aus" auf der Bühne kommt, habe ich dann vielleicht noch genug Zeit für solche Beschäftigungen!"

„Zeit hat man nie, ausser man nimmt sich die Zeit! So, und nun lass uns zu Bett gehen. Wir können und wollen irgendwann und irgendwo weiter diskutieren!"

„Ich reise übermorgen Abend leider weiter nach Los Angeles!"

„Wirklich! Welch ein schöner Zufall! Ich auch! Trifft sich ja wunderbar. Vielleicht können wir den Flug so legen, dass wir gemeinsam zur Westküste jetten?"

„Machen wir!", meinte Robert sofort begeistert. „Und wenn sich alles dagegenstemmt: Wir reisen zusammen! Weißt du, ich brauche einen alten Freund, gerade jetzt! Vielleicht mehr, als du denkst!"

4

Trotz Turbulenzen und zudem miserablem Service an Bord ging das Gespräch zwischen Patrick und Robert am übernächsten Tag im Flugzeug weiter, und zwar über Gott und die Welt.

Roberts Manager war schon vorweg nach L.A. gereist, um alles in die Wege zu leiten für dessen Auftritt.

„Ich merke deutlich, wie meine Stimme an Dramatik, Klang, Reinheit und Volumen abnimmt", klagte Robert. Aus solchen Worten entnahm Patrick, der weit einfacher reiste als sein Freund, und niemanden voraus senden musste für seine Predigten und Besprechungen, eine schiere Verzweiflung seines alten Freundes.

„Es ist eine Frage der Zeit, vielleicht nur von Monaten, und bei mir schliesst sich der Vorhang für immer!"

„Ist denn Singen und der Auftritt vor den Leuten, die oft nur aus einem gesellschaftlichen Muss die Konzertsäle füllen, wirklich *alles* in deinem Leben?"

„Bis jetzt leider ja!", meinte Robert zerknirscht. Zu allem Übel gab die unfreundliche Stewardess genau in diesem Augenblick auch noch schnippisch bekannt, dass während der Turbulenzen keine Getränke serviert würden.

„Wissen Sie eigentlich, wer ich bin?", schnaubte Robert wütend zurück.

„Ja, ein ziemlich unfreundlicher Passagier, der nervt!"

„Siehst du, Patrick, man kennt mich kaum noch!", meine er darauf zerknirscht zu Robert.

„Also weißt du, gerade alle sechseinhalb Milliarden Menschen können dich doch nicht alle kennen. Nicht einmal alle 300 Millionen Amerikaner. Überlass solche Dinge Gott! Menschenskind, bist du ein sensibles Geschöpf geworden! Kennst du die Geschichte von Alexander dem Grossen mit seinem gezähmten Pferd?"

„Nein, nicht schon wieder, um Himmels willen", stöhnte Robert auf. „Über diese alte Story habe ich erst kürzlich wieder nachgedacht! Es hängt nämlich ein Bild davon in meiner Suite im Plaza, das ich bei jedem Besuch dort anstarren muss."

„Nachdenken lohnt sich aber meistens!"

Sie wurden unterbrochen durch die blecherne Stimme des Piloten in einem ziemlich unverständlichen Englisch, dass sie leider wegen Überlastung des Flughafens noch eine weitere gute halbe Stunde zu kreisen hätten. Mit aufgezwungenem Lächeln meinte Robert nun zur Stewardess: „Sie wären ein Engel, wenn Sie wenigstens jetzt, wo keine Turbulenzen mehr zu befürchten sind, uns beiden noch einen Cognac servieren würden!"

„On the rocks?", meinte diese spitz.

„Nein, bitte pur! Wir sind nämlich Europäer. Und die Franzosen trinken Cognac nie auf Eis!"

„Aber wir sind hier in Amerika!"

„Ja, man merkt's!"

Kurz darauf knallte die sonst sicher hübsche junge Dame den beiden mit wütenden Augen zwei Plastikbecher vor die Nase mit der knappen Bemerkung: „Hier ihr Brandy!"

„Wenn es Brandy ist, dann kann man diesen ja auch aus Plastik hinunterschütten. Sollte es aber tatsächlich Cognac sein, so ist der Service hier unter aller Sau", meinte Robert aufgebracht.

Patrick meinte grinsend: „Trink Junge, das ist gut für deine Stimme!"

Irgendwie merkte er dann aber schnell, dass er gerade diese Bemerkung besser nicht gemacht hätte.

„Wirklich, Robert Seiler hat Angst vor seinem eigenen Schatten!", überlegte Patrick, sagte aber kein weiteres Wort mehr.

5

Sie wohnten in Los Angeles natürlich nicht im selben Hotel. Auch nicht in Hollywood, sondern in der City. Und jeder folgte seinem „Zwang des Programms." Aber sie vereinbarten nach ihrer Arbeit und ihren Auftritten ein erneutes gemeinsames spätes Abendessen. So etwas ist aber äussert schwer zu bewerkstelligen, denn nach jedem „Auftritt" ging ein internes Programm weiter. Sagt man dort kurzerhand ab, vergrault man gewiss viele. Aber dies war für einmal Robert und sogar Patrick egal.

„Wer weiss, wann und wo wir uns wieder mal treffen und so nahe sind. Also nutzen wir die gemeinsame kurze Zeit hier in Los Angeles!", meinten sie mit Bestimmtheit.

Robert sang einmal mehr Arien, darunter zu seinem Schreck auch Partituren von Mozart, die er inzwischen etwas fürchtete. Dieser famose Kerl aus Salzburg verlangte nicht nur von seiner Königin der Nacht in der Zauberflöte schier Unmögliches. Auch Tenorauftritte kennen Passagen, die nicht nur die Lernenden, sondern auch die erfahrenen zur Verzweiflung bringen konnten.

Und Patrick hielt für seine Kirche einen Gottesdienst, dem immerhin gegen tausend Leute beiwohnten. Patricks Einladung an Robert, doch Gegenrecht zu halten und auch ihn mal bei einem Anlass zu besuchen, lehnte dieser einigermassen höflich wegen zu viel Arbeit ab.

„Warte nur! Dich bring ich schon noch mal in eine Kirche. Und dann kennst du deinen kleinen Robert von damals vielleicht nicht mehr. Eventuell berühre ich dabei sogar dein Herz und kann deine Schatten ein wenig verdrängen!", meinte Patrick leise, aber deutlich.

Robert sang sich die Lunge und die Seele aus dem Leib, ebenfalls vor etwa tausend Kunstbeflissenen. „Aber war hier der Applaus nicht auch etwas zurückhaltender? Oder muss ich zum Ohrenarzt? Oder gar zum Psychiater? Ich muss mit jemandem ernsthaft darüber reden, der es ehrlich mit mir meint. Und dies ist mein Freund Patrick. Aber ist er mein Freund?

Unsere Aufgabe, Arbeit und Weltanschauung sind so grundverschieden. Eines haben wir damals in Augsburg aber gelernt: Direkt, ungekünstelt und offen miteinander zu reden, selbst dann, wenn die Wahrheit weh tut!"

Die zwei in letzter Zeit ab und zu von einer Art Heimweh Geplagten fanden tatsächlich ein Restaurant mit Namen „Bavaria", in dem Weisswürste,

Brezeln (bayrisch natürlich Brezen genannt!) und Weizenbier angepriesen wurden, alles importiert aus Old Germany, wie versichert wurde. Aber auch in Deutschland weiss man an vielen Orten nicht, *wie* Weisswürste schmecken sollten. Vermutlich wurden die hier servierten „Kunstwerke" in Mecklenburg oder in Bremen hergestellt – wenn überhaupt in Deutschland. Vielleicht gab es auch deutsche Metzger mit bayrischer Abstammung in der fünften Generation in Los Angeles, in San Diego oder doch eher im Silicon Valley? Trotzdem: Es schmeckte gar nicht so übel. Hoffentlich wurde auch keinem der beiden Geniesser übel!

Übel war aber die Stimmung von Robert. „Wie ging es dir heute?", meinte er ziemlich niedergeschlagen zu Patrick.

„Danke! Es war ein schöner Anlass! Nicht wegen mir, aber ist es nicht grossartig, wenn man tausend Leute, oder besser gesagt tausend Seelen, im Glauben an unseren Erlöser stärken kann?"

„Könnte doch ‚dein' Erlöser auch mich erlösen von meinen immer mehr auftretenden Depressionen! Patrick, ich glaube langsam drehe ich durch. Meine Stimme geht langsam vor die Hunde, und damit ich auch. Ich trage mich oft mit dem Gedanken, vor lauter Alleinsein in meinen Hotelzimmern, vor lauter innerer Leere, vor lauter Angst vor der Zukunft, mich umzubringen! Tausende jubelten mir zu. Heutzutage ist der Applaus aber zunehmend verhaltener.

Verhaltener wie meine Stimme! Fühlst du dich nicht auch oft allein, wenn du dich zurückgezogen hast von den öffentlichen Auftritten?"

„Ja, das gibt's tatsächlich manchmal", meinte Patrick, besorgt seinen ehemaligen Schulkameraden studierend. „Aber dann hat man *doch* Perspektiven für die Zukunft. Gerade meine Arbeit und mein Glaube gestalten solches. Meine Güte, Robert, auch bei dir ist doch Singen nicht alles, und die Bretter, die anscheinend die Welt bedeuten, sollten um Himmels Willen nicht deine ganze Welt ausmachen.

Unser Leben hat doch Hundert und mehr Facetten. Konzentriere dich wenigstens mal auf einige wenige andere, als nur auf die Huldigung des Publikums, das dich vielleicht nach kurzer Zeit schon wieder vergessen hat!"

„Zeige mir mal zwei oder drei andere dieser sogenannten Facetten", bat Robert ziemlich weinerlich, wenn nicht gar verzweifelt, fast wie ein Kind, dem man das Spielzeug wegnehmen will.

„Gerne! Aber Begriffe und Worte bringen wenig oder nichts, wenn man dies nicht versucht in sein Leben zu integrieren. Ich will dich nicht bekehren und ‚bepredigen'! Aber bringt dir dein Glaube nichts? Und damit verbunden die Hoffnung auf eine andere Welt und eine andere Existenz nach diesem Leben hier auf unserem Planeten? Sollten wir nämlich nur ein Zufallsprodukt der Evolution sein, nur eine Laune der Natur, so müsste man sich schon fragen, ob das Leben lebenswert ist. Vor allem, wenn man an die vielen Millionen Menschen denkt, die ein für unsere Begriffe erbärmliches Dasein fristen!"

„Ehrlich, ich habe darüber eigentlich noch nie ernsthaft nachgedacht!"

„Und doch wurdest du gerade in deiner Kirche als Sänger sozusagen entdeckt und meines Wissens später sogar gefördert! Ich weiss, Gott kann man nicht beweisen, aber man kann ihn erleben. Gewiss nicht einfach auf einem Waldspaziergang oder beim Philosophieren in wachen Nächten. Aber du als berühmter Sänger, denk mal an die neunte Symphonie von Beethoven, und dabei vor allem an die Worte von Schillers Ode an die Freude, die der grossartige Beethoven für die Solisten und den Chor braucht: ‚Brüder – überm Sternenzelt muss ein lieber Vater wohnen!' Und dann ‚Ahnest du den Schöpfer, Welt? Über Sternen muss er wohnen!'"

„Ich glaube, du bist wirklich kein schlechter Prediger!", meinte Robert versonnen. „Gut, hast du noch weitere Facetten?"

„Gewiss. Heute nur noch eine: Sind denn die Milliarden von Menschen verblendete Idioten gewesen, die an eine höhere Fügung und Macht glaubten und hofften?"

Zu weiteren Gedankengängen dazu kamen beide nicht, denn ins bayrische Lokal drangen grölend etliche amerikanische Neonazis, doch tatsächlich mit roten Armbinden und dem Hakenkreuz darauf „geschmückt". Als der Wirt und sein Personal diese Bande rauswerfen wollten, begann eine wüste Pöbelei und Schlägerei.

Plötzlich blitzten Messerklingen auf, und stahlbesetzte Springerstiefel gruben sich in Bäuche und Beine. Schreie schrillten, Blut floss, Flüche in verschiedenen Sprachen schrillten durcheinander, der Alarm ging los, und nach relativ kurzer Zeit war der sonst doch so friedliche Laden von der Polizei umstellt und durchsucht. Fazit dieses vielleicht zehnminütigen Infernos: Zwei Schwer- und fünf Leichtverletzte – und leider ein Toter!

Die Befragungen waren endlos und die gleichen stereotypen Nachforschungen und Fragen wiederholten sich, bis Patrick und Robert endgültig der Kragen platzte und sie zum Chef der Polizeitruppe meinten:

„Wir sind Deutsche! Lassen Sie uns endlich gehen! Sie sollten aus unseren Papieren eigentlich sehen, dass wir hier in L.A. einen öffentlichen Auftritt und Auftrag hatten und damit eine gewisse Reputation geniessen und mit diesem Pöbel nichts zu tun haben!"

„Gerade *darum* bleiben Sie noch etwas hier, meine Herren, weil sie *Deutsche* sind!", meinte der Polizeiboss wichtig und bissig. „Sie sahen doch selbst, dass diese Bande Neonazis sind? Und woher haben denn diese ihre verrückten Ideen? Von einem gewissen Adolf Hitler, und der war doch Deutscher, oder nicht? Diese Idioten nehmen mit ihren Hakenkreuzbinden am Arm und anderen SS-Insignien diesen Spinner zum Vorbild."

„Wann endlich hört man auf, mit diesen alten Kamellen ein Urteil über unsere Väter und Grossväter zu fällen? Solche Äusserungen hätten Sie besser hinuntergeschluckt und uns nicht offen ins Gesicht geschleudert. Das wird für Sie noch Konsequenzen haben", zischte nun Robert, masslos verärgert und ziemlich laut. „Übrigens: Hitler war Österreicher und nicht Deutscher!"

„Wo ist da der Unterschied?", brüllte der Polizeichef zurück.

„Natürlich, für euch Amerikaner gibt es nur ‚God's own Country', und alles andere ist Eintopfgericht oder gar Abfall für den Mülleimer", schleuderte Robert ihm entgegen. „Für viele von euch Amerikanern gibt es auf der Welt nur eine Sprache, Englisch, und eine Währung, Dollar! Ach was, es hat doch alles keinen Zweck!"

Alles hatte zur Folge, dass die beiden erst gegen Morgen todmüde ins Hotelbett fielen und ihre Abreise wegen polizeilichen Vernehmungen verschieben mussten.

Beide dachten beim ruhelosen Herumwälzen im Bett: „Wann endlich holt uns die verfluchte Vergangenheit nicht mehr ein?"

6

Der Tote war „nur" ein unbedeutender Chinese, ohne eigentliche Arbeitsbewilligung, und zum Glück noch ohne jegliche Verwandtschaft in den USA. Dieser lief unglücklicherweise mit einem Tablett voll von diesen komischen Weisswürsten direkt in die Krawallbrüder. Im Bemühen, die Würste zu retten, erwischte ihn vermutlich rein zufällig ein tödlicher endender Messerstich. Darum waren die Ermittlungen der Polizei nicht sonderlich intensiv, aber die Deutschen ein willkommener Anlass, um sich wichtig zu machen.

Und die Verletzten? Hauptsächlich Touristen aus England, Deutschland und weiteren Ländern da drüben über dem grossen Teich! Wer kann sich alle diese Länder aus Old Europe merken? Hinzu kommt natürlich, dass in L.A. täglich Dutzende ähnlicher Einsätze bei ähnlichen Vorfällen erfolgten und bei der Polizei wegen leerer Staatskassen steter Personalmangel zu beklagen war.

Also wurden die entsprechenden Konsulate kontaktiert, das Allernötigste vorgenommen und offiziell intensiv nach der Bande gesucht, die natürlich nicht gefunden wurde. Denn inoffiziell hatte man die Sache längst abgeschrieben und zu den Akten gelegt. Es wimmelt ja immer mehr von Spinnern aller Art in dieser verrückten Welt. Vielleicht findet man den einen oder anderen beim nächsten Krawall ähnlicher Art?

Nach einem weiteren Tag Warten und nutzloser Befragungen konnten Patrick und Robert abreisen. Sie verglichen ihre nächsten Reisen und Pläne, und kamen überein, dass beide in gut acht Wochen in Johannesburg weilen würden. Also wollte man in Kontakt bleiben und sich dort wieder treffen.

„Du musst mir dann dort noch weitere Facetten eines erfüllten Lebens erklären", meinte Robert, etwas traurig und lakonisch.

„Mach ich", erwiderte Patrick. „Aber denke inzwischen intensiv über das nach, was wir hier schon alles durchgeackert haben. Und versprich mir, dass wir uns auch mal in unserer schönen alten Heimat in Augsburg treffen. Ich glaube, dort gibt's die besseren Weisswürste, und hoffentlich auch ohne einen Toten und Verletzte!"

„Alles ist möglich in dieser idiotischen Welt!"

„Sag jetzt nur nicht, dass daran Gott schuld ist. Sonst haue ich dir zum Abschied noch eine runter. Ansonsten werde ich dich umarmen!" lächelte Patrick.

Es war seit vielen Jahren ihre erste Umarmung, und es sollte auch die Letzte sein!

Es kam zu keinem Treffen der ehemaligen Schulfreunde mehr, weder in Johannesburg noch in ihrer alten Heimat Augsburg.

7

Robert Seiler, der berühmte und weltbekannte Tenor, nahm sich in einem Nobelhotel in Sandton bei Johannesburg einige Wochen später mit einer Überdosis Schlaftabletten und Alkohol das Leben. Er durchlitt Höllenqualen mit seinen Depressionen und seiner Angst vor der Zukunft. Man wollte die Sachlage zunächst vertuschen, aber die lokale und wenig später auch nationale Presse waren wie Spürhunde auf der Suche nach einer Sensation.

Diese Sensationslust wurde noch gewürzt, als eine handschriftliche Verfügung Roberts gefunden wurde, die unter anderem forderte, dass seine Trauerfeier, sollte diese überhaupt stattfinden, von seinem Schulkollegen Patrick Müller durchgeführt und abgehalten werden sollte, der ein weit herum bekannter Laienprediger sei.

Dessen Kirche sei auch in Augsburg ansässig, wenn auch wohl nicht sehr bekannt. In welcher Kirche, ob unter freiem Himmel oder in einem Wald eine Beerdigung durchgeführt würde, dies wäre völlig egal. Aber entweder eine Zeremonie mit Patrick Müller oder gar nichts!

Grossen internen und externen Aufruhr und viel allgemeinen Gesprächsstoff löste später auch der Satz in seiner letztwilligen Verfügung aus, dass 450 Jahre nach dem Augsburger Religionsfrieden es wohl an der Zeit sei, diesen wirklich auch zu praktizieren. Und zwar nicht einfach nur unter den zwei grossen Kirchen! Zu erwähnen ist dabei vielleicht, dass Augsburg zwar im Freistaat Bayern liegt, aber vor allem innerhalb Bayerns in der Provinz Schwaben. Und dies sollte etwas heissen, auch in Bezug auf religiöse Toleranz!

In Augsburg waren die wenigen Verwandten, vor allem aber die Geistlichkeit, von diesem für sie etwas abstrusen Wunsch doch sehr überrascht, wenn nicht sogar sehr verärgert, nein echt wütend. Mindestens so überrascht wie von seinem für alle völlig unerwarteten Freitod, dem Selbstmord, um das böse Wort zu gebrauchen, ist auch heutzutage immer noch die ,grosse Kirche'. Dies scheint offiziell immer noch ein Problem besonderer Art zu sein.

Aber das intern doch grössere Problem war für die geweihten Herren doch eher, dass der berühmte Sohn ihrer Stadt ausgerechnet sich ihrer Ansicht nach von einer Sekte bestatten lassen wollte. Was tun? Dieser Zeremonie beiwohnen oder fernbleiben? Was immer man heutzutage machen würde, die Kritiker und die Presse, ja gar das Internet, würden das ausschlachten, und wie!

Patrick ging mit Trauer, mit allem Ernst und auch mit grossem Herzklopfen auf den Wunsch seines so unglücklichen Schulkameraden ein. In einem schlichten schwarzen Anzug wurde ihm doch tatsächlich, nach vorherigen heftigen internen Diskussionen, gestattet, die Trauerfeier nach dem Ritus seiner Kirche in der grossen katholischen Kirche zu halten, und zwar in der ehrwürdigen Basilika St. Ulrich und Afra. Man „gestattete" diese berühmte Stadtkirche diesem fremden Laiengeistlichen nicht zuletzt wegen des erwarteten grossen Andrangs vieler Augsburger sowie bekannter und berühmter Gesangs- und Musikkollegen aus der halben Welt.

Allerdings gab man ihm als „Empfehlung" zu verstehen, dass er für seine Trauerrede doch besser den Hochaltar, die Kanzel und andere geheiligte Orte vielleicht doch besser nicht benutzen würde, sondern ein Rednerpult, das an gut sichtbarer und zentraler Stelle extra für ihn aufgebaut würde. Ob er nicht so liebenswürdig sei, zuvor das Manuskript seiner Ansprache einzureichen. Man sei ja sehr gespannt und interessiert, was er denn seinem alten Schulkameraden für letzte Worte widmen wolle.

Die für die hohe Geistlichkeit lapidare Antwort, dass kein Manuskript vorliegen, sondern in freier Rede gepredigt würde, wie dies auch im alten Christentum der Fall war, erstaunte und befremdete zugleich und liess das Spannungsfeld gross und grösser werden. „Wehe, wenn der Kerl doch noch ein Manuskript hervorzaubert. Dann werden wir ihn aber tüchtig drannehmen", meinte mit zornrotem Gesicht der oberste Geistliche.

Immerhin, die Glocken dieser ehrwürdigen Kirche läuteten, nicht nur die kleine Totenglocke. Die mächtige Orgel wurde meisterhaft von einem Organisten dieser Glaubensgemeinschaft gespielt. Eine Hundertschaft festlich gekleideter Männer und Frauen sang für viele unbekannte Lieder, die aber sehr anspruchsvoll und sehr berührend waren. Solovorträge berühmter Komponisten, durch ebenso berühmte Sänger vorgetragen, trugen ebenfalls bei zu einer besonderen Stimmung. Und dann die Predigt dieses schwarz gekleideten Mannes, ohne jegliche Insignien, ohne jegliches „Brimborium"?

Sie kam von Herzen und ging zu Herzen!

„Mein Freund und Mitbruder im Herrn war gewiss kein fleissiger Kirchgänger in seiner Kirche. Aber er war ein Suchender! Und Christus sagt: ‚Wer suchet, der findet!' Ich vermute sehr, dass in manchem von Ihnen die Frage aufkommt: Warum nur wählte er den Freitod? Ist dies nicht Sünde? Ich antworte darauf wieder mit einem anderen Wort unseres Herrn: ‚Wer von euch ohne Sünde ist, der werfe den ersten Stein!'

Er war in seiner Berufung wie man gerne sagt ‚einsame Spitze'! In tiefen Gesprächen mit ihm bemerkte ich aber auch, dass er oft auch ‚ganz einsam an dieser Spitze' war! Sind dies nicht viele berühmte

Leute? Staatspräsidenten, Künstler von Weltruf, Vorsitzende von riesigen Konzernen? Wenn sich nach den Konferenzen, nach grossen Entscheiden, gar nach Jubel und Trubel die Türe zum Hotelzimmer irgendwo auf der Welt schliesst, sind sie oft einsam, sehr allein!

Wir haben uns als Jugendfreunde nach Jahren wiedergefunden, er in seiner Aufgabe, ich in meiner, zufällig? Kaum! Es gibt über uns eine lenkende Hand, die wir aber manchmal erst im Nachhinein bemerken. In einem Gespräch, tief in der Nacht, unter einem Sternenhimmel, den man in seiner Intensität hier leider nicht mehr wahrnehmen kann, in einer Stille, die manchen hierzulande vielleicht sogar schmerzen würde, bekannten wir einander:

Wir haben Uhren, aber die Naturvölker haben Zeit! Zudem kamen wir zum Schluss: Mancher sucht sich selbst, und findet dabei Gott! Und mancher sucht Gott, und findet dabei sich selbst! Grossartig ist, wenn man beim Suchen beides findet! Jetzt beten wir gemeinsam, dass unser Patrick sich nie mehr allein fühlt, sondern von Gott in Gnaden angenommen wird!"

„Gott sei Dank haben wir diese Rede auf Band", meinte einer der hohen geistlichen Würdenträger. „Vielleicht können wir diesen Prediger und allfällige Sympathisanten damit später zerstören. Zudem aber können wir vielleicht auch ganze Abschnitte dieser Ansprache später für uns verwenden! Mensch, war dies wirklich eine freie Rede? Und alles ohne Theologiestudium? Man müsste sich mal mit dieser Konfession etwas näher beschäftigen! Haben diese Leute in unserer Stadt auch eine Kirche?"

„Ja, so ungefähr mit 700 Plätzen! Und jeden Sonntag ganz ansehnlich gefüllt", antwortete einer seiner Kollegen.

„Warum weiss denn ich nichts davon? Und woher weisst du so genau Bescheid?"

„Weil ihr samt und sonders nichts wissen wollt von einer sogenannten Sekte! Und ich bin für die Diözese hier der Sektenbeauftragte! Übrigens ist dieser Laienprediger so etwas in seiner Kirche wie bei uns ein Kardinal und reist auch in der halben Welt umher. So haben sich die beiden ehemaligen Schulkollegen ganz zufällig in den USA wieder gefunden."

„Wir sollten mal eingehend über diese Sache sprechen!", meinte der hohe Würdenträger. Aber wie immer: Zwischen sollen, wollen und müssen liegt eine grosse Spannweite.

Insgesamt war der Eindruck für die meisten Teilnehmer dieser Trauerfeier grossartig. Aber wie ist es im Leben? Jeden Tag geschehen wieder neue natürlich weit weniger wichtige Eindrücke, die aber die wichtigen inneren Erlebnisse wieder verblassen lassen.

8

Wie eine Bombe platzte nach einigen Tagen durch einem Notar in Augsburg, bei dem Robert Seiler ein Testament hinterlegt hatte, dessen letzter Wille betreffend seines Vermögens und aller noch fälliger Tantiemen bei den spärlichen Verwandten. Die hoffenden Erben aus zweiter oder dritter Linie, denn unmittelbare Erbberechtigte waren keine mehr vorhanden, wie Eltern, Geschwister und so weiter waren entsetzt. Robert, der nie eine eigene Familie besessen hatte, eröffnete den staunenden Versammelten entfernter Onkel und Tanten, Cousins, Cousinen, und wer immer sich noch als verwandt und bedacht fühlte:

„Liebe vermutlich sehr tief Trauernde: Ich gestehe euch mit Vergnügen, dass ich eine uneheliche Tochter besitze, und zwar in Russland, in der schönen Stadt Sankt Petersburg, mit Namen Anna Petrowna. Ihre Mutter, meine Geliebte, nein, meine einzige grosse Liebe, verstarb zu meinem grössten Schmerz bei deren Geburt. Eine Ausreise wurde ihr leider nie erlaubt. Und eine Flucht war ausgeschlossen. Im damaligen Sowjetstaat wurde Anna überwacht wie eine Geheimwaffe.

Meiner Tochter Anna, die bis heute nur wenig von ihrem Vater weiss, liess ich eine gute Erziehung und Ausbildung angedeihen. Sie steht jetzt als zwanzigjährige junge Schönheit in einem Medizinstudium und wird nunmehr nach meinem Ableben den grössten Teil meines Besitzes und Vermögens erben. Der Rest geht als Donation an das hiesige Musikkonservatorium für die Ausbildung junger Sängertalente. Sollte ich in meiner Heimatstadt doch noch ein Grab erhalten, so wird ein ansehnlicher Betrag für die Kosten der Beisetzung und der späteren Grabpflege meiner letzten irdischen Ruhestätte beiseite gelegt. Ich wünsche euch allen, dass ihr euch nie im Leben vor dem eigenen Schatten fürchten müsst!"

Erstaunen in gewissen Kreisen löste auch aus, dass dieser unbekannte, aber wirklich grossartige Prediger, „sein" Chor und der Organist, einfach keinen einzigen Cent verlangten. Im Gegenteil, die sogenannte Kollekte wurde mit herzlichem Dank für die Benutzung des Gotteshauses der entsprechenden Kirchgemeinde überlassen.

Jene „gewissen Kreise" unterhielten sich hernach noch am Rande darüber, wie sich diese Freikirche finanziert. Der „Sektenbeauftragte" meinte dazu: „Aus sich selbst, ohne staatliche Zuflüsse, durch sogenannte freiwillige Opfer!"

„Erstaunlich", war die Meinung Etlicher. Und damit verlief wieder alles im Sand; wie immer!

„Robert hat eine Tochter in Sankt Petersburg!" Dies erstaunte auch Patrick ausserordentlich. Und dies umso mehr, da seine Reisepläne im nächsten Monat einen Besuch dort in „seiner Kirche" und einen Gottesdienst vorsahen.

Russland zählte nun gewiss nicht zu seinem Zuständigkeitsgebiet. Aber er sprach einige Brocken Russisch, und dies wurde von der obersten Kirchenleitung registriert. Diese wollte den etlichen Tausend Gläubigen, die vor allem seit Glasnost und Perestroika gewonnen werden konnten, durch Besuche aus anderen Ländern bildhaft zeigen, dass diese Kirche eine weltweite Einheit bildet, und Hautfarbe, Nation, Kultur keine Barrieren bilden.

9

Was auch immer den Reisenden treibt, das schöne alte und nun in seinem Zentrum wieder neu entstehende Sankt Petersburg, alte Residenz von Zar Peter dem Grossen, als Tor zum Westen in ehemalige Sümpfe gebaut, zu besuchen: Es lohnt sich allemal!

Die Stadt an der Lena, abgesehen natürlich von den aus dem Boden gestampften Plattenbauten aus der Sowjetzeit oder den tristen und schmutzigen Industriegebieten, bietet dem Besucher eine Fülle an Eindrücken. Man merkt auf Schritt und Tritt, dass hier einmal der Zar herrschte über dem damals grössten Volk Europas.

Nun, das sind die Russen ja auch heute noch, denn der Grossteil der 160 Millionen Menschen lebt im europäischen Teil des Riesenreiches, obschon eine grosse Zukunft des Landes auch heute noch in Sibirien liegt mit seinen unermesslichen Bodenschätzen wie Öl, Gas, Gold und Edelsteinen. Selbst im Zeitalter modernster Flugzeuge und verbesserter Strassen sind aber die Distanzen dort einfach immer noch riesig und werden dies auch bleiben. Der einzelne Mensch kommt sich vor wie ein kleiner Wurm oder eine Ameise.

In Sankt Petersburg liess sich aber früher vor allem für Adlige und am Hof des Zaren oder der Zarin gut leben. Die Palais der Reichen, die weissen Nächte, mit Champagnerströmen und Skandalgeschichtchen von damals, könnten davon vermutlich Unglaubliches berichten.

Dort begann auch die Oktoberrevolution und damit Massaker ohnegleichen. Von dort flüchteten auch viele Hochwohlgeborene nach Paris und andere europäische Zentren, um schliesslich als Taxichauffeure und mit anderen Arbeiten ein höchst bescheidenes Leben zu fristen, aber der Exekution zu entfliehen. Ganz Schlaue haben wohl zuvor schon gewisse Reichtümer transferiert, um nicht im freien Westen nur als moderner Sklave leben zu müssen.

Nun sind die Irrungen und Wirrungen des Kommunismus, die blutige Zeit der deutschen Besatzung im Zweiten Weltkrieg und manches mehr vorbei. Ganze 900 Tage lang liess Hitler die Stadt belagern. Und allein dabei sind durch Hunger und Gräuel ohne Zahl schätzungsweise eine Million Zivilisten gestorben. Wann hat der Wahnsinn der Menschen ein Ende?

Wer gewisse Ideen besitzt und Schlauheit und Glück, der kann es heutzutage in Sankt Petersburg durchaus wieder zu etwas bringen. Nur, das betrifft kaum ein Promille der Masse der Leute! Viele wollen auch jetzt noch einfach weg, aber wie, womit und wohin?

Dies erlebte auch im Jahren 1993 Patrick Müller, als er nach dem Fall des Eisernen Vorhangs mit seinem Kirchenoberhaupt einem Gottesdienst seiner Kirche in der Philharmonie in Sankt Petersburg beiwohnte, an dem weit über tausend Personen teilnahmen. 40 Theater kennt allein die Stadt Sankt Petersburg. Und in den Anfängen der Öffnung konnte man für gutes Geld und harte Währung ohne grosse Mühe den einen und anderen schönen alten Prunksaal mieten.

Damals kamen viele sogenannte Russland-Deutsche, um diese Prediger aus dem Westen zu hören und zu sehen. Manchem ging es dabei sicher um die wieder erwachende Religiosität, vielen aber kamen mit dem geheimen Wunsch, Mittel und Wege zu finden, um auszuwandern in die Heimat ihrer Vorfahren.

In der Folge wurde eine schöne und ansprechbare Kirche gebaut, die anfänglich vor Besuchern überquoll. Später aber blieben nur die, die wirklich Seelenheil und nicht sonstige Vorteile suchten. In jener Kirche plante Patrick nun wieder einen Gottesdienst und wollte nebenbei Roberts Tochter sehen und kennenlernen.

10

Anna Petrowna erschien trotz herzlicher Einladung nicht zum Gottesdienst von Patrick Müller. Sie war zum einen glücklich, zum andern aber oft auch völlig frustriert, als Atheistin und doch auch als stets Fragende und Suchende nach dem Sinn des Lebens und der wirklich wahren Wahrheit. Es gab anscheinend deren viele! Sollte sie ihre Mutter und ihren Vater, die sie beide leider nie kannte, lieben, verehren oder verachten und vergessen, oder gar hassen?

„Mein Vater war ein berühmter deutscher Tenor, der in der Welt herum reiste, Herzen schmelzen liess, dann auch noch meine Mutter verführte, ihr ein Kind machte und verschwand?
Sollte das eine höhere Macht, in deren Hand Werden und Sterben liegt, zulassen? Quatsch!

Immerhin hatte dieser Herr aus dem Westen noch den Anstand, meine Mutter würdig zu begraben und mir die Mittel zum Studium zukommen zu lassen. War es vielleicht doch Liebe? Und scheiterte diese am damaligen System der Sowjetunion? Heute ist es müssig, solche Fragen zu stellen. Jeder muss sein Leben selbst in die Hand nehmen, und das tue ich mit aller Kraft!"

Nach ihrem Studium wollte Anna sowieso in den Westen. Gewiss, dieser lockt nicht mehr so verklärt und golden wie früher, als dieser noch verboten und als imperialistisch böses Ausland verschrien war, bot aber gewiss ganz andere Perspektiven. Sie hatte die Wahl zwischen der Charité in Berlin und dem Universitätsspital in Zürich, denn sie hatte von beiden Instituten ganz unverbindliche Zusagen, nach ihrem Studium sich dort zu bewerben.

So lernte Anna zusätzlich zu ihrem Studium und vielleicht auch wegen ihres unbekannten Vaters nebst dem Medizinstudium auch recht gut Deutsch und zudem etwas Englisch.

Entsprechend kühl, wenigstens von ihrer Seite her, war denn auch vor kurzem das erstmalige Treffen mit diesem Prediger Patrick Müller aus Deutschland. Die Gespräche entwickelten sich mühsam und langsam, so wie die berühmte Katze, die um den heissen Brei herumschnüffelt.

Schliesslich meinte Anna Petrowna zu Patrick Müller: „Sie kannten meinen Erzeuger, oder wie Sie sagen, meinen Vater gewiss sehr gut, denn Sie waren sein Freund. Erzählen Sie zunächst von ihm alles, was Sie wissen, damit auch ich ihn wenigstens etwas kennen lerne!"

„Nun, Frau Anna, ich darf Sie doch so nennen? Freunde waren wir in der Schulzeit. Dann haben wir uns für viele Jahre aus den Augen verloren und sind uns, man könnte sagen, durch Zufall vor kurzer Zeit in den USA wieder begegnet.

Eine Frage zuvor an Sie: Haben Sie keine Plattenaufnahmen oder CDs von seinen Konzerten? Wenn ja, dann lernen Sie ihn an seiner begnadeten Stimme besser und mehr kennen als durch jede Schilderung und Beschreibung. Denn da sang auch die Seele mit!"

„Ja, ich habe etliche Aufnahmen von ihm. Und beim Anhören habe ich auch oft leise geweint und gewünscht, ihn näher kennen zu lernen. Aber Seele? Gut, Sie müssen ja so reden als Geistlicher. Nur, ich habe als angehende Medizinerin selbst bei Obduktionen noch nie was Derartiges gefunden!", lächelte zum ersten mal scheu Anna.

„Und Ihr leises Weinen beim Anhören seiner Stimme? Einfach eine Reaktion oder gar Überreaktion der Gene? Einfach eine Berührung der Sinne und des Geistes durch die Kompositionen berühmter Musiker, die ihr Vater, pardon Ihr Erzeuger meisterhaft interpretierte?"

„Bitte jetzt keine Philosophiestunde und auch kein Religionsunterricht, Herr Müller! Einfach eine Schilderung ohne grosse Emotionen von dem, was Sie über meinen Vater wissen!" Den Erzeuger liess Anna diesmal vielleicht bewusst weg.

„Also, um es so kurz wie möglich zu machen", begann Patrick: Wir beide sind in einem kleinen Dorf geboren. Anfangs der Sechzigerjahre erlebte Deutschland immer noch das sogenannte Wirtschaftswunder und damit einen Aufschwung. Unsere Eltern, die inzwischen leider verstorben sind, entschlossen sich, nach Augsburg umzuziehen, um dort die viel grösseren Möglichkeiten auszuschöpfen, am wirtschaftlichen Boom jener Jahre teilzuhaben. Gelungen ist es eigentlich nie so richtig. Aber deren Söhne, eben Robert und ich, fanden dort gewiss bessere Ausbildungsmöglichkeiten als in unserem kleinen Dorf. So absolvierten wir die Schuljahre sogar in der gleichen Klasse.

Robert wurde durch eine gute, aber harte Ausbildung und zielstrebige Karriere der weltbekannte Tenor, und ich schlug nach meiner Berufstätigkeit als Lehrer eine ganz andere, eine religiöse, oder wenn Sie lieber wollen, eine ethische Bahn ein. Wir verloren uns etwa während nahezu 25 Jahren aus den Augen, bis wir uns vor einigen Monaten in New York wieder begegneten. Die alte Freundschaft lebte erneut auf. Hingegen wurde Robert, der in seinem Beruf einsame Spitze war, sich aber persönlich oft auch ganz einsam an der Spitze fühlte, von gewissen Schatten gejagt. Den Rest kennen Sie! Auch wissen Sie von seinem tragischen Suizid in Johannesburg!"

„Ja, meine Mutter konnte mir ja leider nie ein Sterbenswörtlein von meinem Vater erzählen, da sie bei oder an meiner Geburt gestorben ist. Dies ist einer der Hauptgründe, dass ich Ärztin werden will, um Leben zu erhalten und zu retten. In Briefen zwischen meiner Mutter und meinem Erzeuger, äh, pardon, meinem Vater, erfuhr ich dann später, dass sich die beiden während der Sowjetzeit verliebten. Robert, also mein Vater", meinte Anna stockend bei diesem Wort, „wollte meine Mutter in den Westen mitnehmen.

Die Sowjets setzten gerne auf Kunst und Sport, und liessen Robert wissen, er könne die sowjetische Staatsbürgerschaft annehmen und hier ein feudales Leben führen, meine Mutter offiziell heiraten und von Russland aus weiterhin die Welt bereisen und besingen und damit zum Ruhm seines neuen Vaterlandes beitragen.

Aber der dumme Mann hasste den Sozialismus, oder wenn Sie wollen den Kommunismus. Und die ach grosse Liebe zerbrach am westlichen Kapitalismus und an unserem Sozialismus! Welch ein Hohn!", endete Anna bitter.

„Gut", erwiderte nun Patrick. „In den Grundzügen stimmt diese Geschichte. Aber ich muss Ihnen einfach sagen, dass Ihr Blick durch die parteiliche Erziehung beeinflusst ist. Wenn Sie Zeit und Geduld haben, erzähle ich die Sache mal aus der Sicht meines Freundes Robert! Diese tönt etwas anders als die damals oft sehr einseitige Schulung über den gefährlichen Imperialismus und die Dekadenz des Westens unter der alten Führung ihres Landes."

„Nur zu", erwiderte Anna! „Aber glauben Sie nicht, mich wie ein gläubiges Schäflein ihrer Kirche sofort überzeugen zu können. Ich musste mir unter oft harten Bedingungen meine eigene Weltanschauung erkämpfen!"

„Er hinterliess mir etliche Aufzeichnungen über seinen Kampf, seine strickte Weigerung, weder in die Sowjetunion noch später nach Russland zu reisen, um dort aufzutreten. Er meinte aber lakonisch ‚Moskau vergisst nie'! Auch nicht unter der neuen Führung und der sogenannten ‚Einführung der Demokratie'. Zudem blieb es bei seinen heimlichen Nachforschungen über Sie, denn er fürchtete sich vor Ihrer möglichen Verachtung. So sehnlich er sich wünschte, seine einzige Tochter in die Arme zu nehmen, so sehr fürchtete er sich vor einer eventuellen Verachtung Ihrerseits. Es muss für ihn ein grausamer Kampf und unlösbarer Zwiespalt gewesen sein!"

Nach der möglichst kurz gefassten Schilderung der Sachlage durch Patrick, und zwar aus der Sicht Roberts, erfolgte eine grössere Kunstpause. Diese war vielleicht für beide Seiten wohltuend.

Dann ergriff Patrick als erster wieder das Wort und meinte etwas provokativ: „Anna, wollen Sie nicht mal das Grab Ihres Vaters in Augsburg besuchen?"

„Vielleicht! Sie sollen übrigens eine erhebende Trauerrede gehalten haben!"

„Woher wissen Sie denn dies?"

„Vom russischen Auslandgeheimdienst", lächelte Anna. „Übrigens: Ich gehe vielleicht nach Abschluss meines Studiums als Ärztin zu einem Praktikum nach Berlin oder Zürich! Entsprechende vorläufige Zusagen habe ich schon!"

Jetzt war Patrick wirklich einen Moment sprachlos. Und dies gab es eigentlich selten!

11

In Annas bescheidener, aber sehr geschmackvoll eingerichteter, kleiner Wohnung kamen Patrick und sie überein, dass sie sowieso mal nach Augsburg reisen sollte, um mit Roberts dortigem Notar alle Einzelheiten des Erbes zu klären. Wenn man bedenkt, was man früher für einen Apparat und eine Bürokratie in Bewegung setzen musste, um so eine Reise zu ermöglichen, so war dies heute wirklich ein Kinderspiel.

„Anna, darf ich Ihnen beim Augsburger Aufenthalt dann behilflich sein?"

„Wenn Sie mich nicht gleich zu Ihrem Schäflein machen wollen, gerne!"

„Versprochen! Wir kennen keine Zwangsmissionierung! Und zudem: Ich liebe Russland und seine Menschen. Sie können leiden, sie können trauern und doch so fröhlich sein! Mein Vater ist hier gefallen!"

Sofort hätte sich Patrick für diesen letzten Satz am liebsten auf die Zunge gebissen. Aber ein geworfener Stein und ein gesprochenes Wort kommen nicht zurück.

„Soll ich jetzt darüber Trauer zeigen? Wer hat uns damals angegriffen?", konterte Anna auch prompt.

„Ach, Entschuldigung! Lassen wir diese alten Kamellen, und bauen wir lieber an einer besseren Zukunft!" meinte Patrick etwas kleinlaut. Wer will die Geschichte objektiv aufarbeiten? Jeder ist zum Teil in Vorurteilen gefangen. Hier einzuwenden, dass auch Väterchen Stalin mit Hitler einmal Waffenbrüderschaft geschlossen hatten und beide Diktatoren eine riesige Blutschuld trugen, brachte nichts.

„Sehen Sie", meinte Anna etwas zerknirscht, „alle diese Gräuel, das unsägliche millionenfache Leid, die grausige Blutspur durch alle Zeiten, die auch das Christentum hinterliess, lassen in mir Stürme von Gedanken entstehen und die Frage: Wenn es einen liebenden und gütigen Gott gäbe, würde er solches nicht zulassen!"

„Anna, wissen Sie, was bei diesem Gott und Schöpfer etwas vom Grössten ist? Er schuf den Menschen nicht als Roboter, sondern gab ihm als eines der höchsten Güter den freien Willen! Ja, ich weiss, Sie haben noch nie eine Seele gefunden! Wirklich? Gefunden vielleicht nicht, aber sieht man nicht aus manchem Auge die Seele leuchten? Nicht alles, was man nicht findet und nicht sieht, ist einfach nicht existent!"

„Aber wenn der sogenannte Allwissende voraussah, was er mit dem Menschen heraufbeschwor, hätte er diesem Geschöpf doch einfach doch seinen Willen einpflanzen können!"

„Und damit die Krone seiner Schöpfungen zu idiotischen Figuren degradiert!?"

„Vielleicht gäbe es dann wirklich weniger Idioten als sonst. Aber genug für heute mit unseren zwar sehr interessanten Streitgesprächen, die vor uns und nach uns sicher noch tausendfach geführt werden!", erwiderte Anna. Planen wir doch in den nächsten Tagen meine erste Reise zu den ,bösen Deutschen', in das berühmte Land der Dichter und Denker!"

„Gute Idee, Anna! Ich glaube, wir haben uns noch viel zu sagen und noch mehr zu streiten!"

„Gewiss, denn gerade Sie sind ja auch so eine Reizfigur! Ihr Vater ist also in Mütterchen Russland gefallen! Er kam somit mit Gewehr oder Kanone, mit Panzer oder Flugzeug zu uns, um so seine Lebensweise zu unseren Vorfahren zu bringen! Und Sie kommen jetzt mit der Bibel! Die gibt es aber schon seit langer Zeit hier. Was wollen Sie also? Uns die alleinige Wahrheit verkünden?"

„Ich sehe schon, wir werden in Augsburg viel Gesprächsstoff haben", erwiderte Patrick. „Ich schäme mich, was unser Volk durch einen Verrückten ihrem Volk angetan hat, und möchte ihrem Volk zeigen, dass es andere Wege gibt als Eroberungskriege und blödsinnige Machtansprüche!"

„Indem Sie die Macht ihres Glaubens aufzwingen wollen?"

„Nein, die Macht der Liebe Gottes!"

Anna meinte etwas aufgekratzt: „Ich freue mich auf unsere Gespräche in Augsburg!"

12

Die Blutwerte von Patricks Frau Erna waren seit einiger Zeit schlecht, wenn nicht gar alarmierend. Sie wurden immer schlechter. Für Patrick, seine Frau Erna und seine Tochter Brigitte kam nach seiner Rückkehr nach Augsburg die Hiobsbotschaft: Leukämie!

„Heutzutage aber sind die Heilungschancen durch eine intensive Chemotherapie in vielen Fällen gross", meinte beschwichtigend Professor Glauser, Chef der Onkologie im führenden Krankenhaus von Augsburg.

„Wie lange habe ich noch zu leben?", fragte Erna, äusserlich ganz ruhig und gefasst, innerlich aber doch sehr aufgewühlt.

„Aber Frau Müller", meinte der Professor etwas verlegen, trotzdem er wohl täglich ähnliche Fragen gestellt bekam, „wir kämpfen und Sie müssen mitkämpfen, dann können Sie noch lange leben. Genaue Prognosen kann auch ich nicht stellen. Wir ‚weissen Kittel' spielen vielleicht manchmal Gott, aber wir sind auch nur Menschen. Die moderne Medizin vollbringt doch heutzutage wahre Wunder!"

„Ich glaube nur an ein Wunder durch Gott! Aber danke für das offene Wort, Herr Professor. Wann beginnt diese Rosskur?"

„Sobald wie möglich! Wir wollen keine Zeit verlieren!"

Etwa zur gleichen Zeit wurde in Sankt Petersburg Anna Petrowna zwar höflich, aber bestimmt zu einem sogenannten Abklärungsgespräch ins Ministerium des Innern vorgeladen. Die Beamten dort wollten wissen, was die intensiven Gespräche mit dem Gospodin Patrick Müller aus Deutschland, die vielen Mails, Telefonate und Briefe beinhalteten. „Schliesslich ist dieser Müller ein hoher Geistlicher seiner Kirche!", meinte einer der Herren ziemlich säuerlich.

„Aber meine Herren, ich denke, das Wichtigste und Wesentliche ist Ihnen bestimmt bekannt!"

„Wir leben nicht mehr in der Sowjetunion, Frau Doktor, sondern in einer freien Demokratie!"

„Ja, ich weiss! Aber gewisse Geheimdienste für das Vaterland sind sicher noch effizient tätig. Und ich habe einen deutschen Vater, den ehemals berühmten Tenor Robert Seiler. Schon allein durch diese Tatsache besteht gewiss über mich eine Akte. Auch darüber, dass von diesem seit vielen Jahren regelmässig für meinen Aufenthalt in einem gehobenen und privilegierten Waisenhaus, für Schule und Studium

sowie für meinen Unterhalt namhafte Beträge überwiesen wurden!

Übrigens, den Doktortitel trage ich noch nicht, stehe
aber kurz vor dem Abschluss des Studiums. Zudem
hat mein kürzlich verstorbener Vater mir den Haupt-
teil seines Vermögens vermacht. Deshalb ist eine
Reise nach Augsburg unumgänglich. Daher bitte Sie
hiermit offiziell um Reiseerlaubnis."

„Diese werden Sie bekommen, sobald Sie unsere
Fragen beantwortet haben."

„Damit meine Akte vervollständigt werden kann?",
meinte Anna etwas gehässig.

„Hören Sie doch auf mit diesen ewigen Akten! Solche gibt es auch über manche Bürger in Deutschland
und in der Schweiz, aus deren Ländern Sie bereits
eine Offerte für eine mögliche Anstellung als Ärztin
erhalten haben! Berlin und Zürich locken doch, oder
nicht?"

„Sehen Sie, alle diese Informationen haben Sie doch
aus meiner Akte! Gut, ich werde Ihnen antworten,
was Sie wissen wollen oder wissen müssen. Und
dies, ohne dass Sie zuvor einen Lügendetektor an-
schliessen oder ein Wahrheitsserum spritzen müssen!"

„Sie lesen zu viele Agentenromane!"

„Vielleicht! Vielleicht aber ist jener Stoff auch immer noch Wirklichkeit!"

Wortlos und verärgert wies der Beamte Anna zur Tür. Sie konnte gehen und hatte zu warten.

13

Erna Müller durchlebte die erste Behandlung der Chemotherapie stationär im Krankenhaus. Nebst Übelkeit und Müdigkeit gingen diese paar Tage glimpflich vorbei. Man lernt eigentlich schnell und notgedrungen, am Tropf und an Schläuchen zu leben. Später folgten dann alle drei Wochen an je drei hintereinander liegenden Tagen Infusionen von je drei Stunden. Und es begannen die Nebenwirkungen, die man nur scheusslich nennen kann, wobei Haarausfall, Übelkeit, eine Wunde und zum Teil offene Zunge nur einige wenige der Symptome sind.

Auch Erna musste sich alle erdenkliche Mühe geben, um nicht nebst Krankheit noch in ein psychisches Loch zu fallen, denn so elend, so schwach, so schwindelig fühlt sich wohl sonst nur ein Todkranker.

„Todkrank? Ja, das bin ich ja auch vermutlich", sinnierte Erna vor sich hin. Die Blutwerte gingen auf und ab wie bei einer Achterbahn. Einmal waren drei wichtige Werte bedeutend besser und einer schlecht. Und dann wieder umgekehrt. „Soll ich die ganze Sache abbrechen und mich einfach in die Krankheit schicken?" fragte sie sich gewiss hundert Mal. Aber dann siegte doch wieder der kleine verbliebene Funke Lebenswillen.

Mit Erna litten natürlich ihr Mann und die Tochter. Sie getrauten sich gar nicht mehr, nach ihrem Befinden zu fragen, sahen nur, wie Erna abmagerte und kreidebleich im Gesicht und mit müdem, ja stumpfem Blick diese Tortur über sich ergehen liess.

Genau in diese Phase platzte der Besuch von Anna Petrowna, die allerdings als angehende Ärztin bald realisierte, was hier vor sich ging und sich entsprechend diskret verhielt. Trotzdem: Die geplagte Erna und auch die niedergeschlagene Tochter Brigitte beobachteten diese russische junge Frau mit Argwohn und mit Argusaugen.

Erna meinte eines Tages zu Brigitte: „Sie ist schön, sehr schön, nicht wahr, diese junge Russin! Wirklich, eine Schönheit. Und Patrick war mit ihr einige Tage in Petersburg zusammen!"

„Was meinst du damit, Mama?", fragte Brigitte mit einer so unschuldigen Stimme wie möglich.

„Ich meine nichts, mein Kind! Ich mache nur Feststellungen!"

„Sie ist Ärztin vor dem Abschluss ihres Studiums! Die Russen haben gute Ärzte! Soll sie nicht dich doch mal untersuchen und auch beraten?"

„Nein!", schrie förmlich Erna. „Ich bin beim Professor in guten Händen. Und die Chemotherapie geht in zwei bis drei Monaten sowieso zu Ende!"

„Ich vielleicht auch", aber das dachte sie sich nur

ganz im Stillen!

„Mama, wir müssen alle Möglichkeiten ausschöpfen! Bist du etwa eifersüchtig auf dieses junge russische Ding? Papa ist doch in unserer Kirche ein grosser Mann!"

„Ja, das ist er! Und ich schon seit längerem eine kranke Frau und er ein gesunder Mann!", meinte Erna, ziemlich verbittert.

„Mama, Papa ist nicht so wie viele andere!", protestierte Brigitte.

„Nein, er *war* gewiss nicht *so,* aber durch gewisse Umstände wurde er vielleicht so! Kind, lass uns nicht darüber grübeln, denn ich weiss, dass ich bald sterben werde!"

„Um Himmels willen nicht!", meinte Brigitte ehrlich

entrüstet. „Die Therapie schlägt doch sehr gut an!"

„Eben wohl gerade ‚um Himmels Willen wird es so sein, dass bereits Metastasen gefunden wurden und

damit nebst Chemo auch noch Bestrahlung nötig
würde! Aber damit bin ich nicht mehr einverstanden.
Mein Gott weiss wohl genau, wann meine Zeit hier
zu Ende ist."

Völlig sprachlos und niedergeschlagen verliess Brigitte ihre Mutter fluchtartig. Sie musste sich erst
innerlich sammeln, bis eine weitere Konversation
ihrerseits möglich war. Die bange Frage brannte
aber in ihr: „Weiss Papa vom Ernst der Lage?"

Nun, Patrick wusste es nicht, aber er ahnte es! Seine
Frau war ihm gegenüber sehr einsilbig geworden,
vor allem, seit diese Anna bei ihnen auftauchte.

14

Zu Annas masslosem Erstaunen betrug die Erbschaft ihres Vaters um die drei Millionen Euro, zum Teil in Immobilien, zum Teil in Wertschriften und zu einem kleineren Teil sogar in Gold. Hinzu kamen die vielleicht noch länger laufenden Tantiemen für weitere CD- und DVD-Verkäufe, für Radio- und Fernseheinspielungen und dergleichen mehr.

„Das ist ja ein grossartiger Start und einer grossartige neue Welt", dachte sie sich. „Vielleicht könnte ich mein Studium und mein Doktorat hier beenden und gar nicht mehr zurück nach Russland!? Ich muss dies alles mit Patrick Müller besprechen!"

Dieser aber war durch den plötzlichen und damit doch unerwarteten Tod seiner Frau wie gelähmt und kaum ansprechbar. Sogar von Seiten der Tochter Patricks schlug ihr eine gewisse Feindschaft entgegen. So blieben für Anna nur der Weg nach Zürich und ein direktes Gespräch mit der dortigen Universität und dem gleichnamigen Spital.

Aber wie das eben so ist: Auch die offizielle Schweiz pflegt gerne mit Russland gute Handelsbeziehungen, auch in Bern gibt es eine russische Botschaft und in Zürich ein Konsulat sowie gewiss auch Ableger des Geheimdienstes. Jedenfalls wurde Anna ziemlich unmissverständlich klargemacht, in aller Ruhe ihr Studium in Sankt Petersburg zu beenden und nach ihrer Doktorarbeit gerne dort wieder vorzusprechen. Man brauche auch hierzulande viele begabte Mediziner.

Verärgert, enttäuscht, ja gänzlich frustriert kehrte Anna nach Sankt Petersburg zurück und schwor bei sich, denen allen es eines Tages noch zeigen zu wollen.

Nur vorerst würden es gewisse Leute *ihr* noch zeigen. Kaum zurück in Russland wurde ihr klargemacht, dass ihr Platz an der Uni leider inzwischen anderweitig besetzt worden war und sie das Studium und das Doktorat in Smolensk abschliessen müsse.

„Schliesslich warten in Russland Unzählige auf einen Studienplatz. Und wenn man so lange wie Sie im Ausland weilt und die zuständigen Behörden sowie die Universität keinerlei Nachricht erhält, wann man genau zurückzukommen gedenkt, so muss umdisponiert werden", war die lakonische Begründung des Leiters der medizinischen Fakultät.

Anna konnte es nicht verkneifen zu bemerken: „Offensichtlich aber wussten Sie aus dem Ausland genau Bescheid über meinen Aufenthalt und meine Reisen, damit so präzise und schnell umdisponiert werden konnte!"

Darauf antwortete der richtig wütend gewordene Chef: „Entweder Sie gehen ohne grosse Kommentare und Frechheiten nach Smolensk, oder sie gehen dann definitiv aus ihrem Studium, und zwar für immer!"

„Oh, natürlich", meinte Anna hämisch. „Smolensk ist eine schöne Stadt, die ich schon lange einmal besser kennen lernen wollte! Wo liegt diese denn genau?"

„Haben Sie im Geografieunterricht geschwänzt oder haben Sie damals eher die Landkarten von Westeuropa studiert?", war die giftige Antwort des Herrn Professor Doktor Sojowskj.

Anna konnte sich nicht verkneifen, zu antworten: „Nein, Westeuropa hatte mich damals nicht interessiert. Ich war ja nie an der Militärakademie tätig!"

15

Für russische Begriffe liegt Smolensk gar nicht soweit weg, nämlich „nur" 400 Kilometer westlich von Moskau, an der Grenze zu Weissrussland. Die ebenfalls für russische Begriffe relativ kleine Stadt, etwas über 300'000 Einwohner, kennt aber eine alte und sehr bedeutende Geschichte.

Daraus nur eine einzige dramatische Zeit: Vom Juli bis September 1941, im Zweiten Weltkrieg, fand dort erstmals der sogenannte Blitzkrieg der deutschen Wehrmacht ein Ende. In der sogenannten Kesselschlacht mit der Roten Armee beklagte diese allein gegen eine halbe Million tote Soldaten. Ein Wahnsinn sondergleichen, aber erstmals wurden die siegreichen deutschen Truppen für zwei Monate aufgehalten und vermutlich dadurch Moskau gerettet.

Anna wurde in die Staatliche Medizinakademie Smolensk „eingewiesen" und als Sankt Petersburgerin nicht unbedingt freundlich empfangen. Man glaube doch nicht, dass nur in Deutschland zwischen Bayern und Preussen, in Italien zwischen Mailändern und Sizilianern, und in hundert anderen Beispielen, grosse Unterschiede und Reibereien bestehen. Auch im riesigen Russland ist man sich oft spinnefeind, ausser natürlich eine Gefahr kommt von aussen. Dann ist man wieder ganz und gar „einig Vaterland".

Auch die ihr von Väterchen Staat zugewiesene Wohnung war ein kleines und ziemlich düsteres Verliess von etwa zwanzig Quadratmetern in einem alten Wohnblock, der eher den Titel Schweinestall verdiente. Ihre Wohnungseinrichtung aus Sankt Petersburg liess auf sich warten. Auch ihr Gesuch um eine anständige Wohnung. Und dies trotz allen versprochenen Devisen aus dem Euroland.

So wurde das letzte Semester für Anna nicht nur manchmal richtig eklig, sondern geradezu zur Qual. Sie wollte oft einfach fliehen und alles neu und in einem anderen Ort der Welt beginnen. Aber man hat doch auch seinen Stolz, um nicht zu sagen sogar eine gewisse Sturheit. Und genau diese löste eines Nachts völlig unerwartet eine totale Wende in ihrem Leben aus.

Da war der an und für sich sympathische Medizinstudent Igor Smyrnov aus Murmansk, der offensichtlich gegen den allgemeinen Trend zu Anna hielt. Die beiden sassen eines späten Abends noch in einem etwas zwielichtigen Lokal in Smolensk zusammen und redeten sich über hundert Probleme unserer Zeit die Köpfe heiss. Dazu beigetragen hatte gewiss auch der starke Alkoholgenuss. Man kann doch nicht reden und dabei nichts trinken, vor allem nicht als Russe!

So erklärte Anna dem ihr nicht unsympathischen Igor, dass sie eigentlich strafversetzt wurde wegen unerlaubten verlängerten Aufenthalts in Deutschland und der Schweiz. Dabei schrillten in Igors Hirn alle Glocken der Neugierde.

„Das ist ja grossartig Anna! Du bist also gar keine rassenreine Russin, sondern hast auch deutsches Blut in deinen Adern! Bei mir ist dies ähnlich. Vielleicht weißt du, dass das Gebiet Petsamo früher zu Finnland zählte und während des Zweiten Weltkrieges an die Sowjetunion verloren ging, wie übrigens weitere grosse Gebiete in Karelien. Meine Vorfahren waren Finnen, und so bin ich auch kein reinrassiger Russe! Unser ursprünglicher finnischer Name wurde russifiziert."

„Igor, hör doch auf mit dem verpönten Begriff reinrassig! Du weißt doch, welcher Wahnsinn gerade während des Grossen Vaterländischen Krieges daraus in Deutschland und Russland und vielen anderen Ländern entstand!"

„Ja, sicher! Aber weißt du, Anna, ich möchte hinaus in die Welt, in genau diese Welt, die dir vermutlich bald mal offen steht mit dem Vermögen, das dir dein berühmter Vater hinterlassen hat!"

Erst jetzt dachte Anna, dass sie blödsinnigerweise davon nach dem dritten oder vierten Wodka davon etwas ausgeplaudert hatte. Sie mochte Igor, gewiss. „Er ist ein netter Kerl. Aber Liebe? Was ist das eigentlich? Ich vermute, dass er solche Gefühle für mich entwickelt. Aber diese sind mir fremd!", dachte sie zerknirscht und schwor bei sich, vorsichtiger zu sein, auch mit dem Alkoholkonsum.

„Vergiss vorläufig die paar Kröten, die ich vielleicht eines Tages in Deutschland abholen kann. Vorläufig sind wir hier, um unseren Doktor zu machen!"

„Aber weißt du, Anna, dass Murmansk gar nicht so furchtbar weit von Norwegen entfernt liegt? Ich kenne dort oben einen alten Fischer, übrigens auch ein ehemaliger Finne, der uns vielleicht eines Tages bei günstiger Witterung hinüberschippern könnte. Die Grenzen sind immer noch scharf bewacht, gewiss. Aber dieser Fischer ist für die Grenzpolizei so unverdächtig und so unwichtig, dass dies ein Weg wäre für uns in eine neue und grossartigere Zukunft!", schwärmte Igor euphorisch.

„Und dieser Fischer samt seiner Familie würde dann nach seiner Rückkehr ausgequetscht, vielleicht gefoltert und verschwindet irgendwo im grossen Mütterchen Russland für immer. Und der Geheimdienst wäre uns überall auf der Welt auf den Fersen!"

„Er hat keine Familie mehr! Und er hasst vor allem die ehemaligen Sowjets, von denen, wie er sagt, auch heute viele wieder als Wendehälse irgendwo an der Macht sind. Kinder waren ihm versagt, und seine Frau wurde von besoffenen Matrosen mehrfach vergewaltigt und hernach umgebracht! Anna: Heute reden wir nicht mehr weiter darüber. Aber mach dir einfach mal Gedanken, ob wir nicht zusammen einen mutigen und entscheidenden Schritt wagen sollten!"

„Nun, mutige und entscheidende Schritte vielleicht schon. Aber nicht unbedingt zusammen, denn ich merke, dass Igor mehr will als nur die Flucht. Er will mich, und das ist mir unheimlich!", dachte sich Anna im Stillen.

16

Die kurze gemeinsame Grenze von Russland zu Norwegen, da ganz oben in einer gottverlassenen Gegend, wird hauptsächlich nur von ein paar Fischern und vor allem durch Militär „beherrscht". Auch die Gegend um Murmansk gilt ohnehin als das grösste Atommülllager der Welt durch ausgemusterte sowjetische Atom-U-Boote, die vor allem nach dem Zusammenbruch der Sowjetunion dort oben stillgelegt wurden und einfach vor sich hin dümpeln und rosten. Vielleicht wird diese Gegend auch deshalb von manchen gemieden und gefürchtet.

Und dies, obschon die Stadt Murmansk oft auch als Kapstadt des Nordens genannt wird. Aber was sollen solche Namen? Sie sind für viele Schall und Rauch, und lieber wird vom echten Kapstadt des Südens geträumt.

In Smolensk wollte Anna Igor immer wieder aus dem Wege gehe. Aber dieser war hartnäckig, und so gingen die Diskussionen über die Zukunft, die weite Welt, die Möglichkeiten im Land selbst, weiter und weiter.

„Steter Tropfen höhlt den Stein!", so heisst ein altes geflügeltes Wort. Und es bewahrheitete sich auch hier. In Annas Kopf schwirrten Gedanken umher, die sogar über ihre Pläne mit Berlin oder Zürich hinausgingen.

Es kam hinzu, dass Ihre Briefe an Patrick Müller unbeantwortet blieben und der Rechtsanwalt ihres verstorbenen Vaters anscheinend auf einer längeren Auslandsreise war. Dies alles weckte natürlich ihr Misstrauen, das ohnehin seit ihrer Versetzung wesentlich grösser war.

So gewannen Fluchtpläne zusammen mit Igor weit oben im Norden immer mehr Gestalt, zumal diese gewiss besser im Sommer, also in der Zeit, in der dort die Sonne praktisch nicht untergeht, durchgeführt werden konnten als im eisigen Winter bei gefrorener See.

Es war doch auch anzunehmen, dass ihre bereits vorhandenen Zeugnisse durchlaufener Schulen und ihre etlichen Semester des Medizinstudiums im für sie zunehmend goldener erscheinenden Westen eine gewisse Anerkennung und damit Anrechnung ihrer Ausbildung bringen würden und sie nicht alles noch einmal von vorne beginnen müsste.

Anna machte Igor als eine ihrer Bedingungen klar: „Wenn wir es wagen, dann nicht unter dem Aspekt, dass wir uns lieben! Also auch keine Flirts, geschweige denn Sex. Es geht einzig um unsere berufliche und menschliche Zukunft"

Igor Smyrnov brummelte etwas Unverständliches, gab aber dann missmutig und sehr enttäuscht seine Zustimmung, mit dem heimlichen Gedanken: „Was nicht ist, kann ja immer noch werden! Ich glaube, Anna ist wie ein Vulkan, dessen Ausbruch abzuwarten ist, aber jederzeit geschehen kann!"

Von „seinem" alten Fischer Oleg in Murmansk erhielt er verschlüsselte Nachrichten, wie und wann die beste Zeit „zum Auslaufen" wäre. Und siehe da, ein gutes Datum läge in den Semesterferien für ihn und Anna! Eine Entscheidung musste also innerhalb der nächsten Wochen fallen.

17

Das unendliche grosse Russland und Norwegen besitzen tatsächlich eine achtzig Kilometer lange gemeinsame Grenze, ganz weit oben im Norden. In der Zeit des Kalten Krieges war dies die einzige direkte Landgrenze zwischen der NATO und der damaligen Sowjetunion.

Der erste „grössere" Ort in Norwegen heisst Kirkenes, ein Ort mit etwa 5'000 Einwohnern, zehn Kilometer von der Grenze zu Russland entfernt. Diese kaum bekannten Flecken spielten schon einmal im Zweiten Weltkrieg.eine bedeutende Rolle Aber wer weiss dies heute noch, ausser natürlich den Einheimischen?

Zehn Kilometer können eine verdammt lange Strecke sein in einem gewiss immer noch streng kontrollierten Gebiet. Aber von was leben denn die Leute da oben überhaupt? Eisenerzabbau und Fischerei! Also fällt ein Fischkutter gewiss am allerwenigsten auf, ob dieser aus Norwegen oder aus Russland stammt. Unter den einfachen Fischern da oben am Polarmeer wird keine Weltpolitik betrieben. Und was haben die denn schon an Bord als vielleicht schon etwas stinkende Fische und anderes Meergetier! Vielleicht ein paar Flaschen Wodka! Aber was soll das? Solche hat jeder Russe irgendwie und irgendwo. Die Vertreter des Blauen Kreuzes sind hier nicht anwesend.

Von Kirkenes nach dem vielleicht etwas bekannteren Hammerfest ist es nur ein Katzensprung. Und von dort nach Oslo eigentlich auch, natürlich mit dem Flugzeug. Dies war der vorläufige Fluchtplan von Igor und Anna.

Sie machten sich tatsächlich in den Semesterferien auf den Weg. Murmansk, früher stark kontrolliert und sogar Militärsperrgebiet, erreicht man heutzutage relativ unbehindert und einfach. Sogar ein wenig Tourismus ist inzwischen entstanden.

Die dortige besondere Natur und Vegetation allein schon reizt schon manchen. Da man kaum Frühling und Herbst kennt, wachsen auch nicht vielfältige Früchte, und die Bäume werden nur ein paar wenige Meter hoch. Aber Tomaten, Gurken und Zwiebeln, für die Russen eigentlich unentbehrlich, gedeihen sogar dort im hohen Norden.

Dazu kommt dann eben im Sommer noch das von manchen Leuten gesuchte Erlebnis, nachts um zwölf Uhr noch ohne künstliches Licht die Zeitung lesen zu können. Nur für eine Flucht über Land sind diese Nächte, in denen die Sonne nicht untergeht, nicht gerade ideal. Und im Winter, bei einer schier endlosen Nacht, ist es so kalt, dass man eher als Eisklotz im Nichts verschwindet, als am gesuchten Ziel anzukommen. So ist der Seeweg auf einem alten „Seelenverkäufer" vermutlich doch das Idealste, denn auch der Luftraum wird nach wie vor streng überwacht.

18

Der Schriftzug „MIR", also „Frieden", war bei Olegs altem Kutter schon so sehr vom Seewind verwittert und von unzähligen Wellen Salzwasser verwaschen, dass man den Namen dieses Kahns, statt ihn lesen zu können, erraten oder erahnen musste. Aber Oleg selbst, der alte Seebär, war umso bekannter. Auch bei den Zollbeamten, den Hafenbehörden und allen weiteren Ämtern und staatlichen Stellen.

Er gab an nicht recht schreiben zu können, weder Russisch noch Norwegisch. Man nahm es bei ihm darum mit dem Formularkrieg nicht so genau, absolut nicht. In Olegs von Wind und Wetter gegerbtem Seemannsgesicht war auch kaum eine Regung zu lesen. Wer aber in den immer noch sehr wachen und hellen Augen des Alten lesen konnte, glaubte dies alles doch nicht ganz.

Aber auf beiden Seiten der Grenze und in den Häfen selbst war eine gute Flasche Wodka aus Olegs vermutlich unerschöpflichem Vorrat eine willkommene Geste in dieser oft tödlichen Einsamkeit und Langeweile. Darum wurden auch relativ schnell die entsprechenden Stempel auf die Frachtpapiere und Ein- und Ausreiserlaubnis geknallt. Diese Stempel selbst waren so unleserlich, weil sie alt und die dazugehörigen Farbkissen blass und leer waren, dass die Gegenseite selbst bei genauerem Hinsehen doch nicht so recht schlau wurde. Also, prost Brüderchen – und den Oleg einfach so schnell wie möglich durchwinken!

Diesmal sogar mit Anna und Igor als blinde Passagiere an Bord. Sie sassen etwas blass im Gesicht in der engen Kajüte des Kapitäns und meinten, um sich bei den wirklich oberflächlichen Grenzkontrollen etwas abzulenken: „Wir stinken vermutlich auch nach einer ausgiebigen Dusche immer noch nach Fisch!"

Aber nach bangen und langen Stunden gab es einen kleinen Ruck im Schiff. Anschliessend schlich sich Oleg in die Kabine und meinte fröhlich: „Willkommen in Norwegen! Jetzt werde ich mein Schiff verscherbeln und vom Erlös meinen Lebensabend irgendwo an einem einsamen Fjord verbringen. Und ihr könnt weiterfahren mit euren Welteroberungsplänen! Ich würde mich freuen, von euch mal was zu hören oder euch sogar mal wiederzusehen. Aber Vorsicht Kinder: Der russische Geheimdienst ist auch heute noch überall tätig!"

Die Verabschiedung von Väterchen Oleg war kurz und herzlich. „Kirkenes, der Name dieses Ortes muss vermutlich vom Wort ‚Kirche' herstammen", meinte Oleg, „wird für einen alten Finnen wie mich gewiss eine neue Heimat bringen, und damit eine neue Staatsbürgerschaft, die ich beantragen werde. Hier sind schon viele Russen zu ‚Anderen' geworden. Und in Russland selbst wird der alte Oleg kaum vermisst. Ein Brotfresser weniger, der sowieso bald ins Gras beissen wird, ist für das heilige Russland nicht mehr interessant!"

Anna und Igor wollten bei nächster Gelegenheit mit ihren wenigen, aber für sie wichtigen Habseligkeiten nach Hammerfest weiterreisen. Eine solche Reise ist in Zentraleuropa eine Kleinigkeit. Hier oben jedoch, im weiten und oft einsamen Norden eine echte Herausforderung.
Sie erreichten schliesslich diese Stadt ziemlich erschöpft und nach längerem Warten auf eine Fahrgelegenheit.

Hammerfest ist vielen geografisch Interessierten ein Begriff, denn dieser Ort mit gerade mal knapp 10'000 Einwohnern galt lange Zeit als die nördlichste Stadt der Welt und wurde auch dadurch bekannt. Inzwischen sind in Alaska weitaus nördlicher liegende Orte entstanden. Aber unter den für dicht bevölkerte Gebiete kleinen Ort gibt es auch etliche Russen. Nicht alle sind geflohen, immigriert oder leben unter einem anderen Namen.

Die verschiedenen Geheimdienste, die sich zur Zeit der Sowjetunion manchmal sprichwörtlich bis aufs Blut bekämpften, um die Besten zu sein, sind zwar personell und auch finanziell heutzutage schon etwas geschrumpft und wirken unter anderen Namen.

Aber die Effizienz ist dank moderner Technik vermutlich grösser geworden. Und dies wurde Igor zum Verhängnis.

Er „verschwand" eines Tages einfach von der Bildfläche und wurde nicht mehr gesehen. Zu Hause galt er darauf als vermisst, verschollen oder schlimmstenfalls als Deserteur, der in sträflicher Weise sein Heimatland, das ihm das Studium als Mediziner ermöglicht hatte, verliess.

Für Anna war dies natürlich sofort ein Alarmzeichen sondergleichen, denn sie vermutete richtig, dass Igor gewaltsam von der Bildfläche verschwand. Gott sei Dank hatte sie in aller Hartnäckigkeit darauf bestanden, in einer einfachen Pension getrennte Zimmer zu buchen, und für sie sogar in der kürzlich eröffneten Dependance, obschon Igor ihr die finanziellen Nachteile in düsteren Farben schilderte. Sie merkte, nein, sie wusste, dass dies nicht der Hauptgrund war. Igor konnte ihr Begleiter oder gar ihr Freund sein, aber niemals ihr Geliebter.

„Ja", sagte sie zu sich selbst, „ich bin eine Frau und auch absolut nicht frigid. Ich sehne mich manchmal sogar nach Zärtlichkeit und Sex – oder vielleicht doch nach Liebe? Aber mit Igor? Da krieg ich eine Gänsehaut beim Gedanken, mit ihm intim zu werden! Warum nur wollte er dies nicht merken und wahrhaben?"

„Ich muss sofort weg! Es ist eigentlich ein Wunder oder dann ein glücklicher Zufall, dass die Agenten nicht auch mich gleich mitgenommen haben. Gut, er wohnte im Parterre, und ich in der sogenannten kleinen Dependance der Pension, die erst kürzlich eröffnet wurde und vielleicht noch nicht offiziell bekannt war. Aber trotzdem, jemanden in Shanghai oder Mexico City zu finden ist eine andere Sache, als hier in Hammerfest. Es ist nur eine Frage der Zeit, bis diese Schergen mich auch kassieren. Vielleicht haben sie meine Anwesenheit schon aus Igor herausgeprügelt!"

Gut, Hammerfest hat tatsächlich einen Flugplatz. Aber was für einen! Etwa 100'000 Passagiere im Jahr! Die kleine lokale Fluggesellschaft gehörte zum Glück seit einiger Zeit als Tochter zur SAS und fliegt heutzutage sogar bis nach Berlin. Aber alles nur mit kleinen Flugzeugen und einem dünnen Flugplan. Möglich waren hier nur Kleinmaschinen, die kurzstarttauglich sind.

Anna hatte geradezu unverschämtes Glück. Sie flog am nächsten Tag nach Berlin! Während des Fluges ERWISCHTE SIE SICH BEI DEN Gedanken wie „Gott sei Dank, glücklicher Zufall, Glück oder gar Wunder!" Denkt in solchen Worten und Begriffen eine überzeugte Atheistin?", fragte sie sich.

„Lassen wir das. Spielt ja keine Rolle! Ich muss jetzt so schnell wie möglich nach Augsburg, und zwar zum Notar und zu Patrick. Und als halb deutschstämmige Russin muss ich das deutsche Bürgerrecht beantragen. Schliesslich haben dies nach der Perestrojka und der Öffnung der Grenzen Hunderttausende gemacht, sogar solche, deren Urgrossmutter mal einen deutschen Schäferhund in Kasachstan oder Sibirien besessen hatte!"

19

Patrick Müller war nach dem Tod seiner Frau nur noch ein Schatten seiner selbst. Er kannte sich selbst nicht mehr in seiner Gemütslage, aber auch seine engsten Bekannten und Freunde beobachteten ihn mit grosser Sorge. Früher voller Tatendrang, Eifer und auch Freude, hockte er nun tage- und nächtelang stoisch, interesselos, ja apathisch herum. Im Verborgenen begann er auch zu trinken und steigerte sich in eine Sucht hinein, ohne dies merken und wahrhaben zu wollen. Kleidung, Körperpflege, Haushalt und vor allem die Arbeit in seiner Kirche, insbesondere auch die Reisetätigkeit, litten kolossal.

Seine eigene Tochter Brigitte hielt es zu Hause nicht mehr aus und flüchtete Hals über Kopf zu ihrem Freund in seine Studentenbude. Zum Glück hatte die dortige Wirtin und Vermieterin ein grosses Herz und auch Interesse an etwas Mehreinnahmen.

In diese düstere und chaotische Situation platzte Anna Petrowna. Als Patrick auf ihr Klingeln hin verwundert und auch mürrisch die Tür öffnete, riss er nach anfänglich ungläubigem Blinzeln den Mund auf und stammelte: „Anna, du? Um Himmels willen woher kommst denn du? Nicht ein einziges Mal hast du auf meine Telefone und Briefe reagiert. Und nun platzt du einfach so herein!"

Anna erwiderte geschockt: „Ebenfalls ums Himmels willen: Wie siehst denn du aus? Was ist geschehen? Du stinkst wie ein Schwein, deine Wohnung ist ein Schweinestall, und dein Aussehen gleicht ebenfalls einem Tier, das ich gar nicht erwähnen will!"

„Meine Frau ist gestorben, meine Tochter hat mich verlassen, meine Freunde auch, und ich gehe vermutlich bald vor die Hunde!"

„Aufrichtiges und herzliches Beileid! Aber du bist doch ein Mann der Kirche. Wo ist denn dein Glaube geblieben und wo die Zuversicht und das Gottvertrauen, das du Tausenden Anderen mit Überzeugung gepredigt hast?"

Nach diesen Worten begann Patrick zu allem Übel noch hemmungslos zu weinen, und er stotterte: „Du hast recht, Anna, ich schäme mich und ekle mich vor mir selbst!"

Beide merkten nicht, dass sie sich in der ganzen Aufregung und Absurdität ihrer Situation duzten.

„Ist es nicht eigenartig, dass eine Atheistin einen Gläubigen trösten muss?", meinte etwas später Anna in der Wohnung, während sie stetig versuchte, die katastrophale Unordnung, Berge von Geschirr und

Schmutz und Dreck zu entfernen und etwas Ordnung ins totale Chaos zu bringen.

„Du bist im Grunde genommen gar keine Atheistin, Anna", meinte Patrick, der von Stunde zu Stunde etwas aufatmete und sogar das Trinken vergass. „Sonst wäre für dich ein Kerl wie ich unerträglich. Ja, du würdest mich vielleicht verachten, wenn nicht sogar hassen!"

„Es bessert sich langsam etwas mit dir", lächelte Anna leise. „Du beginnst schon wieder zu predigen. Vorläufig zwar nur mit einer für dich ‚verlorenen' Seele! Aber predige jetzt zunächst mal dir selbst! Übrigens: Bleiben wir beim du?"

„Ja, Anna, bitte!"

20

Patrick reiste seit dem Tod seiner Frau nicht mehr im kirchlichen Auftrag ins Ausland, schon gar nicht mehr nach Übersee. Ab und zu predigte er noch in Bayern, obschon ihm von seinen Kirchenoberen dringend empfohlen wurde, nach dem schweren Schicksalsschlag eine Auszeit von einem Vierteljahr zu nehmen. Anschliessend würde man dann weitersehen.

Er konnte Anna tatsächlich überreden, vorläufig, bis sie eine Bleibe gefunden hatte und Abklärungen getroffen werden konnten wegen der Vollendung ihres Studiums, bei ihm als sogenannte Hausangestellte zu bleiben.

Dass dabei und dadurch die Gerüchteküche der Leute geradezu brodelte, liessen die beiden äusserlich kalt. Aber innerlich machte dies schon zu schaffen. In unserer sehr liberalen und modernen Gesellschaft erlaubt man so etwas einem Kirchendiener halt doch noch immer nicht.

„Denkt mal, der Altersunterschied muss etwa dreissig Jahre sein", wurde getuschelt. Dies manchmal gerade so leise oder so laut, dass Anna und Patrick dies mitbekommen konnten.

Alle Rechtfertigungsversuche, besonders von Patrick, der wie ein anderer und neuer Mensch wirkte, schlugen ins Leere. Nein, diese gossen noch Öl ins Feuer. Ach wie ist es schön, über andere tratschen zu können! Niemand fragte sich ernsthaft selbst, ob dabei nicht auch Neid mitspielte.

„Anna gibt mir Halt, neue Zuversicht – ist sie sogar meine heimliche grosse Liebe?", fragte sich Patrick, fürchtete sich aber gleichzeitig, dies öffentlich werden zu lassen, denn es hätte vermutlich schon Konsequenzen für seine Berufung in seinem Amt. Er meinte auch, bei Anna eine gewisse ähnliche Reaktion zu ahnen, sei es nur bei einem lieben Blick oder einer flüchtigen Berührung.

Relativ schnell kam der Bescheid der Behörde, dass sie den Flüchtlingsstatus vermutlich bald durch eine Aufenthaltsbewilligung ersetzen konnte. Damit wäre auch der Weg offen, ihr Medizinstudium hier fortzusetzen und zu vollenden. Deutschland brauche wirklich viele gute und tüchtige neue Ärzte. „Weil viele von ihnen in die Schweiz abwandern", dachte dabei Anna, und lächelte leise, dass sie eigentlich schon in Russland solche Gedanken gepflegt hatte.

Die Aufenthaltsbewilligung kam, ein Studienplatz auch! Aber es kam noch ganz anderes hinzu. Die Tochter sagte sich endgültig von ihrem Papa los.

Patrick erhielt nun offiziell eine vorläufige Beurlaubung von seiner amtlichen Tätigkeit in seiner Kirche.

Und eines Tages stand doch tatsächlich der verschollene oder verschleppte und sogar tot geglaubte Igor Smyrnov vor ihrer Haustür.
Die Komplikationen waren vorprogrammiert.

21

Igor wurde in Hammerfest wirklich von zwei Mitarbeitern des russischen Geheimdienstes in einer wenig spektakulären Nacht- und Nebelaktion aus der Pension geschleppt, indem man ihn mit einer Injektion bewusstlos machte und in einer als Privatflugzeug getarnten kleinen Propellermaschine, die aber dem Geheimdienst gehörte, in die russische Botschaft nach Oslo verfrachtete.

Stundenlange und zum Teil sehr unsanfte Befragungen erbrachten wenig Brauchbares. Igor war ein unbedeutender kleiner Fisch, ohne jegliches gefährliche Wissen, das er irgendwo ausplaudern oder verkaufen konnte. Also ab mit ihm nach Moskau. „Die dort sollen entscheiden, ob er irgendwo in Sibirien verschwinden soll, für eine gewisse Zeit oder für immer", murrten die Leute. „So viel Aufwand für nichts! Aber Befehl ist Befehl!"

Komischerweise fragte ihn niemand nach Anna. Vermutlich war keinem der Schnüffler aufgefallen, dass beide zusammen Russland unbemerkt verlassen hatten. Auch an den alten Oleg dachte im Moment niemand.

Man gab Igor noch mit auf den Weg, dass er sich in Grund und Boden schämen sollte, dem Vaterland so viel Schaden zuzufügen, wenn dieses doch ihm die grossartige Gelegenheit gab, Akademiker zu werden. Solche Leute hätte man früher an die Wand gestellt.

„Und, habt ihr denn mit mir was anderes vor?" murmelte Igor mit geschwollenem Mund, der aber keinesfalls von Zahnarztbehandlungen herrührte.

„Halt die Schnauze und ab in das nächste russische Schiff, das dich nach Archangelsk zurückbringt. Von dort geht deine ruhmreiche Rückkehr nach Smolensk. Deine Studienfreunde und die Direktion wollen dir gewiss noch danken für die grosse Ehre, die du ihrer Universität eingebracht hast. Vielleicht gehst du dann hernach als Hackfleisch weiter nach Moskau!"

Eigenartigerweise oder wunderbarerweise machte das Schiff in Hammerfest einen längeren Stopp. Vermutlich wurden da irgendwelche Güter vor der russischen Grenze noch umgeschlagen oder umbenannt, von denen nur der Kapitän und vielleicht der Erste Offizier etwas wusste. Igor in seinem Käfig – Kajüte konnte man dieses Loch nicht nennen – wurde durch einen Kombüsenjungen ab und zu mit einem Frass bedient, der wohl Abfall war von dem, was die kleine Mannschaft des Kahns selbst nicht hinunterwürgen wollte.

Er überredete den Jungen mit Versprechen für eine Belohnung, die er zwar nie einhalten konnte, ihm doch wenigstens mal die Fesseln abzunehmen und eine Viertelstunde an Deck und an die frische Luft zu lassen. Sonst würde er hier unten ersticken und krepieren. „Und weißt du, Junge, es ist dann immer das gleiche Lied: Schuld an einem solchen Tod sind immer die Kleinen. Also in meinem Fall auch du!"

Der kaum mit einem hohen Intelligenzquotient gesegnete Junge bekam es mit der Angst zu tun und löste Igors Fesseln.

„Aber nur eine Viertelstunde! Und dann sofort zurück und wieder in die Fesseln!"

An Deck sah Igor, dass er sich mit einigen gewagten Sprüngen von der Reling über Bord zu ein paar Stegen schwingen und hinter den Hafenbaracken verschwinden konnte, ehe der gute Junge begriff, was eigentlich geschah. Während dieser immer noch mit offenem Mund an der Reling stand, war Igor wie von Geisterhand schon verschwunden. „Armer Teufel", murmelte Igor, „aber jeder ist sich selbst der Nächste!"

Wo versteckt man sich am besten, um nicht wieder aufgespürt zu werden? Gewiss genau an dem Ort, an dem kein Mensch einen vermutet. Nämlich genau in der Gegend, in der man aufgegriffen wurde. In Hammerfest allerdings wollte und konnte Igor nicht bleiben, aber er trampte zurück nach Kirkenes. Dort wollte er diskret nach dem Verbleib von Väterchen Oleg forschen und bei diesem vorläufigen Unterschlupf suchen.

Die Gegend da oben im hohen Norden ist ein Gebiet, so dünn von Menschen besiedelt, wie kaum anderswo. Er hörte mal, dass pro Quadratkilometer dort durchschnittlich 1,5 Menschen leben. „Da tritt man sich gewiss nicht auf die Zehen!", überlegte sich Igor.

In dem kleinen Ort Kirkenes wurde er auch bald fündig. Oleg verkaufte seinen alten Kutter zu einem Spottpreis und zog sich an einen kleinen und einsamen Fjord zurück. Dort bemerkte dieser schon auf früheren Ausflügen eine gut erhaltene und gemütliche Blockhütte, aus der eine Rauchfahne stieg. Der bärtige alte Besitzer kam mit ihm ins Gespräch und meinte, dass er leider diese Idylle bald aufgeben und in ein Pflegeheim umsiedeln müsse. Lieber würde er hier bis ans Ende seiner Tage bleiben und auch sterben, aber die Schmerzen in allen Gliedern und Organen seines Leibes zwängen ihn, entweder hier Schluss zu machen oder sich dann doch noch den Segnungen der modernen Medizin zu überlassen.

Auch Olegs „Medizin", guter und reiner russischer Wodka, half zwar für den Moment, aber nicht in die Länge. Er vereinbarte mit dem Alten eine vorläufige Anzahlung, und nach dessen Umsiedelung nach Hammerfest den Restbetrag zu überweisen, damit dieser das Pflegeheim bezahlen konnte.

Die wenigen Leute in Kirkenes, die Oleg kannten, berichteten, dass dieser in seinem Schiff wohl Schmuggelware oder zum Teil auch Erbstücke versteckt haben musste, die manche Augen hätten zum Glänzen bringen können. Wertvolle und seltene alte russische Goldmünzen, sogar kostbare Zobelfelle reinster Qualität, einige antike Ikonen aus alten Klöstern, vor allem für Sammler interessant, und natürlich Kiste um Kiste voll mit Wodkaflaschen.

Bevor sich Oleg in seine neue Bleibe zurückzog, liess er die Mär verbreiten, die nach Russland weitergetragen werden sollte, dass er das Zeitliche gesegnet hätte.

Von der Hütte aus aber unternahm er diskrete Ausflüge zu diskreten Geschäftsleuten und machte die meisten Schätze zu Geld. Dank dieser Mittel wurde ein moderner Generator gebaut, der Elektrizität lieferte, und einiges andere in der Hütte verbessert und ausgebaut. So lebte Oleg zwar wie ein Einsiedler, aber für seine Verhältnisse und für jene Gegend sehr angenehm und sogar komfortabel.

Obschon Anna Olegs Anschrift und Adresse nicht kannte, aber wusste, dass dieser in jener Gegend bleiben und nicht mehr nach Russland zurückkehren wollte, schrieb sie ihm ab und zu einen kleinen Brief oder Kartengruss, mit einer Adresse versehen, die andernorts vermutlich die Post nie akzeptiert und gesucht hätte. Aber hier oben, wo es vermutlich mehr Eisbären als Menschen gibt, ist alles etwas anders.

Oleg bekam die Post und reagierte auch darauf. Schon interessant: Plötzlich konnte er lesen und schreiben, und früher bei allen Zoll- und Hafenbehörden doch nicht!

So fand Igor schliesslich bei Oleg Annas Spur und folgte dieser nach einiger Zeit des Wartens, bis seine eigene Spur kalt war, und zwar bis nach Augsburg! Als er sie vor lauter Wiedersehensfreude spontan in die Arme nehmen wollte, wehrte Anna ihn entsetzt ab. Dies gab Igor einen stechenden Schmerz ins Herz, wie wenn man ihm ein glühendes Eisen in die Brust gebohrt hätte.

Und statt Liebe begann in seinem Innern Hass aufzukeimen. Ein Hass, der tödlich sein kann. „Warte, du Miststück“, gelobte sich Igor. „Wenn du mich nicht willst, so sollst du auch keinen anderen haben. Entweder mich oder dann fahr zur Hölle!“

22

Diesen fürchterlichen Hass spürte Anna allem An-
schein nach etwas zu spät. Und dies war verhängnis-
voll!

Igor plante, mit ihr abzuhauen nach Südamerika.
Falsche Pässe zu ergattern, sollte wirklich keine
Kunst sein, wenn diese nicht nach den Vorschriften
der USA biometrisch sein müssen. Nur rechnete er
nicht mit der relativen Enge des westeuropäischen
Raumes und mit der totalen Vernetzung der Polizei-
daten über die Staatsgrenzen hinweg. Auch nicht mit
Kameras an jeder Ecke, in Kaufhäusern, Banken,
vor und in offiziellen Gebäuden; und vor allem nicht
mit den Ortungsmöglichkeiten der Handys und der
Kreditkarten, geschweige denn des möglichen Ab-
fangens von Mails.

Anna regelte inzwischen die finanziellen Angele-
genheiten ihres Erbes mit ihrem Anwalt und konnte
die Vermögenswerte, die zumeist schon optimal
angelegt waren, sowie den Zugriff auf Bankkonten
in Deutschland und in der Schweiz ordnen. Alles
sollte weitere Gewinne, die Immobilien vor allem
aber nebst Zinseinnahmen der Mieter auch Wertstei-
gerung bringen. Hingegen war auch Anna klar, dass

die Tantiemen, die weiterhin auf ihre Konten flossen, mit der Zeit versiegen würden. Zudem griff nun natürlich auch der Fiskus, oder wie in Deutschland genannt, das Finanzamt, tüchtig zu.

Zum Glück trug sie die wichtigsten Codes in einem geheimen Versteck wohl mancher Frau, und dies seit Jahrtausenden, nämlich an einer unauffälligen Kette an einer gewiss aufreizenden Stelle, nämlich zwischen ihren formvollendeten Brüsten, an denen sie vorläufig nicht gedachte, jemand grabschen zu lassen! Igor wusste von diesem allem nichts. Aber ob dies so bliebe?

Wie verführt man auch heute noch eine schöne und interessante sowie blitzgescheite Frau, aber trotz atheistischem Gedankengut doch mit einer russischen Seele ausgestattet? Einmal durch gekonnt geweckte Neugierde, durch eine interessante Konversation, ein gutes Essen in einem Gourmettempel, und mit gekonnten kleinen Komplimenten – und dann auch mit einigen entsprechenden Tropfen oder Tabletten im letzten Drink!

Für einen angehenden Arzt sollte die Beschaffung von K.o.-Pillen ein nicht allzu grosses Problem darstellen. Dies natürlich alles, indem in einem wirklich urgemütlichen Restaurant der Ober mit einem fürstlichen Trinkgeld bestochen wurde, zumal wenn dieser auch ein ehemals geflüchteter Russe ist, dem man die romantische Geschichte einer tragischen Liebe erzählt.

So konnte Igor die bewusstlose Anna durch Mithilfe dieses Obers durch den Hintereingang diskret in seinen Mietwagen schleifen und von Augsburg aus Richtung Rotterdam losfahren. Er wählte bewusst einen nicht deutschen Hafen, und meinte damit der Polizei ein Schnippchen zu schlagen. Aber innerhalb des Schengen-Raumes gibt es in vielen Dingen praktisch keine Grenzen mehr.

Nur, wenn auch die Datenspeicher immer umfassender werden und damit nahezu unheimlich, der kontrollierende Mensch am Bildschirm bleibt Mensch, und dessen Augen werden auch mal müde. Jedenfalls fuhr Igor in Richtung Rotterdam ohne wesentliche Probleme. Nein, nicht ganz, denn sein Problem war Anna, die er immer wieder ruhigstellen musste, und ein weiteres Problem war einfach allzu menschlich: Hunger und Durst, und die Notdurft, die verrichtet werden musste. Er wunderte sich sowieso, dass bei Anna diese Probleme trotz der Betäubung überhaupt nicht auftraten. Irgendwie liessen die starken Beruhigungstabletten bei ihr wohl auch die Körperfunktionen einschlafen. Aber jetzt musste er einfach mal, und zwar bei der nächsten Autobahnraststätte kurz vor der holländischen Grenze.

Was er nicht bemerkte, dass die angehende Medizinerin Anna bald realisierte, *wie* und mit *was* Igor sie vermutlich ruhigstellte. Sie schluckte offensichtlich die Pillen, schob diese aber nur in die Backe und spuckte darum in einem unbeobachteten Augenblick die Tabletten aus, stellte sich weiterhin dösend, war inzwischen aber hellwach!

Als Igor also endlich mal an einer Autobahnraststätte aufs Klo musste und den Wagen verlassen hatte, raffte sie sich noch leicht taumelnd auf und schlurfte zum Fahrersitz. Der Schlüssel steckte. Also ab und davon, und bei der nächsten Ausfahrt wenden und zurück nach Augsburg.

„Der Kerl wird sich wundern!", fluchte Anna leise vor sich hin. „Beim nächsten Rastplatz rufe ich die Polizei und mache Anzeige gegen ihn wegen illegalen Aufenthaltes in Deutschland und versuchter Entführung!"

Gut, die Gefängnisse in Deutschland sind verglichen mit Russland immer noch nahezu Drei-Sterne-Hotels; aber das Schlimme ist, an die Russen ausgeliefert zu werden. Dieses Schreckenszenario zog durch Igors Kopf, nebst natürlich einer grausamen Wut auf das Flittchen Anna, das ihn so übers Ohr gehauen hatte, als ihn ein Streifenwagen der Polizei aufgriff, der zufällig auf demselben Rastplatz parkte.

Noch bevor sich Igor nach dem Schock einen guten Fluchtplan durch den hinter der Raststätte beginnenden Wald ausdenken konnte, klappten bei ihm die Handschellen zu. Anna hatte vermutlich ein gutes Signalement von ihm durchgegeben. Durch eine unbedachte und im Zorn ausgespiene Bemerkung verriet er sich selbst, dass er recht ordentlich

Deutsch sprach. Das spätere Flüchten in die russische Sprache nützte ihm nichts mehr.

Die beiden Polizisten machten kurzes Federlesen mit Igor und überführten ihn ins nächste Revier. Von dort ging dann „die Reise" Igors weiter in ein Gefängnis eines Auffanglagers für illegale Flüchtlinge und dann folgte eine stille Übergabe an die russischen Stellen in Deutschland.

23

Anna suchte voller Verzweiflung Patrick auf, nachdem sie den von Igor gemieteten Wagen wortlos und heimlich vor jener Firma absetzte. Aber dieser war weg, zu einem ernsthaften Gespräch mit seinem Vorgesetzten. Wer das war, und wo sich Patrick befand, wusste niemand im Haus und in der Umgebung. Auch niemand konnte oder wollte sagen, wann er zurückkäme.

Anna klaubte in ihren Schlüsseln und fand tatsächlich jenen zur Haus- und Wohnungstür. „Ich nehme an, dass es ganz in Patricks Sinn ist, wenn ich in seiner Wohnung auf seine Rückkehr warte", flüsterte sie, indem sie eintrat. Als erstes verbrannte sie Igors Jacke im offenen Kamin. Mit der örtlichen Polizei wollte sie keinen Kontakt aufnehmen wegen ihrer Entführung, um der Fragerei und einer eventuellen Wegschaffung aus Deutschland aus dem Weg zu gehen. Es wurde ihr auch bald völlig klar, wenn Igor wirklich auspackte, dass sie jederzeit in der Wohnung von Patrick aufgespürt werden konnte.

„Also nichts wie weg hier und in einem verschwiegenen Hotel Unterkunft suchen. Von dort aus versuche ich, Patrick mit SMS oder Handyanruf zu erreichen. Ich brauche jetzt seine Hilfe wie nie zuvor."

Nun, auch Patrick brauchte Hilfe. Und zwar Hilfe ausnahmsweise mal nicht von „seiner" Kirche. „Ist dies bereits der Anfang vom Ende?", fragte er sich, innerlich etwas frierend und zitternd. „Oder haben wir, mein Vorgesetzter und ich, einfach aneinander und an den eigentlichen Problemen vorbeigeredet? Wirklich, man ist oft einsam an der Spitze!" Genau in solchen und vielleicht noch schlimmeren Gedanken „spielte" er etwas geistesabwesend mit seinem Handy und las plötzlich Annas SMS. Dieses schlug wie ein Blitz bei ihm ein.

„Ich muss sofort antworten! Dieser Notruf von Anna ist vor zwei Tagen eingegangen. Und ich habe inzwischen keine Anrufe mehr entgegen genommen oder gar beantwortet." Er schrieb mit zittrigen Fingern und recht fehlerhaft zurück: „Komme so schnell wie möglich zurück. Bitte Treffpunkt morgen um 15 Uhr im Restaurant Steigenberger in Augsburg! Bin aus anderen Beweggründen so aufgeregt wie du!"

24

Durch den Tod von Patricks Frau an deren unheilbaren Krankheit, verband ihn eine immer intensivere Freundschaft mit Anna. Böse Zungen, vor allem auch innerkirchliche, munkelten bereits von seiner Konkubine und von damit für einen hohen Kirchenmann unzumutbaren Verhältnissen, wenn nicht sogar von Unzucht. In seiner trübseligen Zeit merkte Patrick diese Wellen der Empörung nicht oder tat diese mit einem Achselzucken hinweg. Der Wegzug seiner Tochter tat ihm weh, sehr weh! Aber gerade dieses Ereignis führte ihn noch mehr in eine gewisse Abhängigkeit von Anna.

Als diese eines Nachts nicht mehr heimkam, glaubte er, innerlich total kaputt zu gehen. Und genau am nächsten Morgen wurde er zu einem dringenden Gespräch zu seinem Kirchenoberen eingeladen. Eingeladen? Nein, vorgeladen, und zwar mit sofortigem Erscheinen. „Es duldet keinen Aufschub", meinte die etwas forsche Stimme am Telefon.

Wenige Stunden später, irgendwo in einer grossen deutschen Stadt, meinte der oberste Geistliche zu Patrick: „Lieber Bruder Patrick, wir nehmen wirklich herzlich Anteil an deinem Schicksal und an deiner Trauer. Leider sind mir und unserem höchsten Kollegium in letzter Zeit viele Klagen zugekommen, die mich veranlassen, dich für ein halbes Jahr zu dispensieren. Wir möchten dich damit nicht strafen, sondern schützen. In dieser Zeit sollst du mit dir selbst ins Klare kommen und deine persönlichen Verhältnisse so regeln, dass niemand Anstoss nehmen kann. Wir sind uns deiner hohen Qualitäten sehr bewusst, auch deiner Dienste für die Kirche im Ausland!"

Der Chief, also nicht der Chef, sondern das Haupt der Kirche, wollte weiterfahren. Aber Patrick fiel ihm unwirsch ins Wort und meinte: „Genug der mitfühlenden Worte! Wenn ihr auf das Geschwätz einiger alter Weiber hören wollt, an denen nichts wahr ist, so ist das eure Sache. Ich lege hiermit mein Kirchenamt nieder und bitte, dies zur Kenntnis zu nehmen. Wenn ihr mich in irgendeiner Weise auf Grund meiner Sprachkenntnisse und administrativen Wissens in irgendeiner Kirchenverwaltung in der Provinz in einem anderen Land brauchen könnt, so gebt mir Bescheid!"

Patrick wusste zu genau, dass er nach dem Ausscheiden aus seinem Dienst die ihm zustehende Frühpension gerade mal für Brot und Wasser reichen würde. In seinem Alter fand man keinen Job mehr. Mit knappem Gruss ging er zur Tür und nach Hause.

„Nach Hause?" fragte er sich. Nicht mehr lange. „Ich werde diese Wohnung nicht mehr halten können und muss mich nach einer einfachen Bleibe umsehen! Aber was soll's! Ich bin ja doch kurz vor dem Ende!"

Bedrückt und gebeugt, um nicht zu sagen gebrochen, begrüsste er scheu und matt Anna, die er im Steigenberger aufsuchte. Nach seinem knappen Bericht über das Vorgefallene, nahm diese ihn sanft in ihre Arme. Wie tat das wohl! „Wirklich, auch Atheisten sind oft liebe Menschen", durchfuhr es ihn, während er heimlich eine Träne wegwischte. Diese Geste der Zärtlichkeit und Zuneigung erfasste Patrick so umfassend, dass er sich nun doch fragte, ob dies mehr als Zuneigung war. Zum ersten Mal seit vielen Jahren fürchtete auch er sich vor dem eigenen Schatten, den er krampfhaft zu verdrängen suchte.

„Liebe ich Anna? Oder ist das eine entschuldbare Reaktion alles Durchgemachten? Kaum, denn ich fühle, es ist mehr als dies! Aber dieses Mehr kostet mich meine bisherige Vernunft, meine demütige Gläubigkeit, vielleicht sogar einen Teil meiner Identität! Es kostet meine Freunde, viel grossartiges Erleben unter Tausenden von Gläubigen. Aber es kostet nicht meinen Glauben und meine Einstellung zur Gottheit! Nimmst du mich auch so an, Gott?"

Anna fühlte seine inneren Kämpfe! Diese hatte sie auch, immer öfters und immer mehr, einfach auf einer anderen Ebene. Sanft legte sie ihre Hand auf die von Patrick und streichelte den geplagten Mann. „Eigentlich bin ich eine Idiotin, als etwas über

Zwanzigjährige einen Fünfzigjährigen zu trösten. Wie lange mag das gut gehen?"

So beglückend diese zarte Berührung für Patrick war, so dachte er doch an den oft gehörten Spruch: „Nichts macht einen Mann älter, als eine blutjunge Frau!"

So schliefen sie konsequent nicht miteinander – noch nicht?

In kurzer Zeit erhielt Anna ihren deutschen Pass an ihre neue Adresse in Augsburg zugestellt, vermutlich in Anbetracht ihres berühmten deutschen Vaters, und ebenso die Zulassung zum letzten Semester ihres Studiums als Medizinerin.

Die Ausbildung in Russland wurde voll angerechnet. „Papa, das habe ich wohl alles dir und deinem Ruhm zu verdanken", flüsterte sie und vergoss tatsächlich einige Tränen in das etwas schäbige Kissen in ihrer Pension. „Ich habe nun ja Zugriff zu für meine Verhältnisse fast unbegrenzte Mittel. Also suche ich eine schöne Mietwohnung in Augsburg.

Zudem begann sie, natürlich nur zur Verbesserung der deutschen Sprache, ab und zu in der Bibel zu lesen. Sie fand natürlich darin für ihre Weltanschauung manche Widersprüche, aber auch viel Interessantes, wenn nicht sogar Grossartiges.

Anna scheute sich aber, offen mit Patrick darüber zu diskutieren, weil sie seine oft logisch klingende Argumentation in Glaubensdingen etwas fürchtete. Um sich selbst zu „beruhigen" bei solcher Lektüre, dachte sie: „Wenn ich an die Kopftuch tragenden Babuschkas in Russland denke, die mit Inbrunst und verklärtem Gesicht dem Popen lauschen und die Ikonen küssen, die dann mit einem von Bakterien wimmelnden Tuch flüchtig abgewischt werden, wenn ich an die Konspiration der Geistlichkeit mit der heutigen Regierung denke, dann wird mir übel!"

25

Von der Kirchenleitung erhielt Patrick nach wenigen Wochen folgenden Vorschlag: Mit seinen exzellenten Englischkenntnissen, mit dem theologischen Wissen, gepaart mit einem scharfen Sachverstand, könne man ihm einen Job in London anbieten. Er würde dort ein sogenannter Pressesprecher für die englischsprachige Welt seiner Kirche und auch ein Übersetzer von kirchlichem Schrifttum. Er bliebe dort auch weiterhin wertvoller „Lieferant" geistlicher Anleitungen und Ausarbeitungen aller Art. In seinem jetzigen geistlichen Amt könne er allerdings momentan nicht bestätigt werden.

Nach Tagen intensiven Nachdenkens nahm Patrick den Antrag an. „Eigentlich aber bin ich verachtet, geächtet, aber doch unersetzlich und darum geduldet. Ich bin nicht mehr einsame Spitze, aber auch nicht mehr einsam an der Spitze! Nicht mehr einsam als Mensch und Individuum, und darum eigentlich trotz aller Häme, die gerade von früheren Freunden ausgeht, zufrieden. Aber was ist mit Anna?"

Nun, Anna wollte nach Zürich, um dort als neue Ärztin zu arbeiten. Mit Patrick zusammen nach London? Nein, unmöglich. „Und nur als Hausmädchen für Patrick in seiner neuen Londoner Wohnung, dazu bin ich nicht bereit!", dachte sie, selbst nach einer gemeinsamen total verunglückten Nacht, die beide nach genügend Alkoholgenuss und wohl auch zum Vergessen des Durchlebten gar nicht richtig geniessen konnten. Im Gegenteil: Patrick war wirklich etwas gehemmt und gelähmt durch ein schlechtes Gewissen gegenüber seiner verstorbenen Frau und auch gegenüber Gott. Obwohl der sich vielleicht gar nicht so detailliert um solche Dinge kümmert!? Und Anna war in diesen Dingen auch kein unbeschriebenes Blatt.

Aber das Gefühl zwischen echter Liebe und einfachem Sex zur Harmonisierung des Hormonspiegels hatte sich bei ihr doch schon ganz erstaunlich entwickelt. Für beide also eine herbe Enttäuschung und Ernüchterung, ja vielleicht eine gewisse Klärung der künftigen Beziehung? Nun, der Mensch ist und bleibt immer für Überraschungen gut.

Von Igor Smyrnov oder vom deutschen und russischen Geheimdienst hörten sie nichts, rein gar nichts. Also hatte Igor wohl geschwiegen über seine Pläne mit Anna. Oder er war einfach zu unbedeutend und unwichtig? Wer weiss schon, wie Moskau tickt.

Robert und sie trennten sich in einer tristen Atmosphäre, in einer Disharmonie sondergleichen. Einerseits traurig, anderseits dankbar für diese Denkpause.

„Wir telefonieren oder mailen aber miteinander, Anna", meinte Patrick etwas verdrossen und unglücklich.

„Ja, gewiss!", erwiderte sie etwas borstig. Eine flüchtige Umarmung, ein etwas gefrorenes Lächeln und ein künstliches Winken, dann war für beide ein Lebensabschnitt vorbei.

26

London galt lange Zeit als die grösste Stadt der Welt, vor allem in der Blütezeit des British Empire. Noch heute ist diese Stadt für Geschichtsbewusste und für vielseitig Interessierte ein Magnet. Berühmte Geschichten, kreiert von berühmten Schriftstellern, handeln in den alten Strassen dieses noch heute wirtschaftlichen und finanziellen Zentrums. Nicht nur Shakespeare, Charles Dickens, Edgar Wallace oder Agathe Christie, nein eine Unzahl weiterer Schreiberinnen und Schreiber, die vielleicht im berüchtigten Londoner Nebel wieder etwas untergegangen sind, suchten und suchen hier interessante Kulissen für ihre Geschichten.

Natürlich dienen dafür auch der Big Ben, die Tower-Bridge, der Buckinghampalast, die Bärenfellmützen der Garde der Royals, der verwunschene Tower mit seinen Beefeaters, die britischen Kronjuwelen, das sogenannte Jewel House, die weitläufigen Kellerverliesse mit den düsteren und grauslichen Gefängnislöchern, in denen Hunderte von Gefangenen vermoderten, und Dutzende von anderen typischen Eigenheiten als Grundlage guter Storys. Lassen wir dies und gehen direkt in einen Vorort des Stadtteils

Kingston zur Wohnung von Reverend Patrick Müller.

Dieser wohnte in einem hübschen, kleinen Zweizimmer-Appartement, das aber gar nicht in englischer Art eingerichtet war. Praktisch völlig zurückgezogen, nur durch seine wenigen Einkäufe beim Bäcker, Metzger und in einem kleinen Quartierladen, in dem man fast alles kriegte, kannte man den reservierten Mister aus Germany etwas. Was für eine Religion dieser ausübte? Nun, in London ist alles möglich! Anglikanisch, katholisch oder orthodox war er nicht. Aber wer hier keine Kirche oder keinen Tempel hat, kann ja einen bauen. Er war ein stiller, in sich gekehrter Mann, dem man eine gewisse Enttäuschung anmerkte.

Trotzdem: Patrick Müller wurde von der obersten Kirchenleitung wieder erlaubt, wenigstens in der Londoner Gemeinde seiner Kirche Gottesdienste abzuhalten. Diese waren aber ein Schatten derer, die er zuvor in der halben Welt durchgeführt hatte.

„Und ich werde unauffällig und diskret kontrolliert", konstatierte er. Dies machte ihn innerlich nicht nur unsicher, sondern sogar wütend. Trotzdem war er überzeugt von der Richtigkeit der Lehre, die er vertrat, und er predigte darum eher etwas verbissen, was besonders in der heutigen Zeit und bei Engländern nicht sonderlich ankommt.

Somit suchte er in seinem etwas tristen Leben eine gewisse Ablenkung. Aber wo? „Madam Tussauds Wachsfigurenkabinett habe ich noch nie gesehen. Da gehe ich demnächst hin!", gelobte er sich. „Ich weiss, inzwischen gibt es solche Einrichtungen auch in Berlin, in Amerika und sogar in China sind diese beliebten Etablissements geplant. Aber hier in London hat alles begonnen. Ich will mal die wächsernen Berühmtheiten und Berüchtigten sehen!"

Patrick schlenderte durch die Räume – und war etwas enttäuscht. Natürlich sahen die „Einsamen Spitzen" im Moment sehr echt aus. Aber beim genauen Hinschauen sah man doch Unterschiede. Oder doch nicht? Geht man mit Vorurteilen durch diese Räume und Hallen? Patrick stand sinnend vor der nachgemachten Königsfamilie und schaute „Ihre Majestät, Queen Elisabeth, und ihr Gemahl" an. „Warum steht denn hier eine Person, die in der Königsfamilie nichts zu suchen hat? Und, verflucht noch mal, warum gleicht diese junge Frau meiner Tochter?"

Jetzt bewegte diese Person doch tatsächlich die Augen und den Kopf. Patrick fuhr es heiss und kalt durch die Glieder. Ein alter Trick im Wachsfigurenkabinett, und doch immer wieder erfolgreich!

Brigitte schnellte vom Podest herunter und schrie, auf ihren Vater zuspringend: „Papa, Papa, kennst du mich denn nicht mehr!"

Wie vom Donner gerührt stand, innerlich und vielleicht auch äusserlich zitternd, Patrick da, und war zunächst keines Wortes mehr fähig. Endlich stammelte er, seine Tochter in die Arme schliessend, heraus: „Brigitte, du hier? Hast du mich gesucht? Woher weißt denn du, dass ich in London bin? Zudem, wann und wo ich hier bin? Um Himmels Willen, wie geht es dir?"

„Das sind viele Fragen auf einmal, Paps! Komm, lass uns hier rausgehen und irgendwo etwas trinken. Dann erkläre ich dir alles. Vorweg aber nur die eine Sache: Hast du mir vergeben für mein kopfloses Davonlaufen?"

„Ich musste dir nicht vergeben. Es war ja eine logische Reaktion deinerseits nach dem Tod deiner Mutter, der mich nahezu aus der Bahn warf, und nach der vermutlich doch zu engen Bindung an Anna!"

„Wo ist sie jetzt?"

„Sie beendet ihr Studium in Augsburg! Jegliche Verbindung mit ihr ist abgebrochen. Und ich wurde nach London eine Art strafversetzt. Gerne hätte ich dir alles erzählt, aber ich kannte ja keine Anschrift von dir. Aber komm, lass uns in einen Pub gehen! Auch ich habe nebst einer Riesenfreude einen grossen Durst", lächelte Patrick, wie im Traum.

Das Wetter war sonnig und freundlich. Oder war es die Wiedersehensfreude, die alles verklärte? Die beiden erzählten sich über eine Stunde, was es alles zu sagen galt. Brigitte meinte auf die Frage nach dem Ergehen ihres Partners: „Der Lump hat mich betrogen und versetzt. Ich wünsche ihm die gleichen Gefühle abgrundtiefen Hasses, die ich ihm gegenüber habe."

„Aber du bist doch nicht etwa schwanger?"

„Papa, wir leben inzwischen im einundzwanzigsten Jahrhundert! Bist du stehen geblieben in deiner Frömmigkeit?"

„Vielleicht schon etwas! Weißt du, da war man mal einsame Spitze und fühlte sich doch manchmal etwas einsam an der Spitze, wie mein Freund Robert. Aber die jetzige Einsamkeit ist erdrückend und deprimierend!"

„Warum *war man* einsame Spitze?"

„Nun, was bin ich hier? Ein kleiner Prediger, ein Übersetzer, ein Lieferant geistlicher Ergüsse. Und dafür muss ich noch dankbar sein, denn am liebsten würden sie mich vermutlich abservieren!"

„Dich? Aber nein! Sie brauchen dich!"

„Wie lange noch?"

„So lange du lebst, Papa!"

„Mal sehen! Aber erkläre mir jetzt doch noch bitte, wie du mich gefunden hast, Brigitte!"

„Oh, das war relativ einfach, auch ohne Internet und ohne Geheimdienst! Nachdem ich meinen Lump verlassen hatte, besann ich mich an meine frühere Zeit zurück und ging zum Gottesdienst in unsere Kirche. Dort erklärte man mir, dass du nach London versetzt worden bist. Hier in London erklärten mir unsere Leute in der Kirche, wo du wohnst. Von deiner Zugehfrau erfuhr ich heute Morgen, dass du das Wachsfigurenkabinett besuchen willst. So schlich ich um dich in diesen Räumen wie ein Wiesel und wartete schliesslich bei der Queen auf dich! So einfach ist das, wenn man sich an die rechten Leute wendet!"

Glücklich plaudernd fuhren die beiden in Patricks kleine Wohnung zurück. Sie wollten die Zukunft besprechen und dieser ins Auge sehen. Nur, die Zukunft hat oft viele Augen!

27

Moskau vergisst nie!

Auch Igors Flucht in den Westen nicht! Er wurde durch unendliche Fragereien und Spezialbehandlungen derart mürbe gemacht, dass sein ganzes Leben mit allen Details vor den Agenten lag. Diese kamen überein, dass man früher solche Leute einfach für immer verschwinden liess oder zumindest nach Sibirien verschob. Aber eigentlich ist der Weg Igors der Traum von Millionen! Das war den Verhörspezialisten auch völlig klar, denn manch einer von ihnen gehörte selbst dazu. In letzter Zeit hatte die russische Armee nicht nur grosse Mühe, die Bestände einigermassen zu halten, sondern selbst in den viel lukrativeren Geheimdiensten fehlten Leute, vor allem in unteren Kadern.

Anna liess man besser unbehelligt. Nur keinen Stunk, denn sie hatte einen berühmten Vater. Die Medien würden sich wie die Geier auf eine solche Story stürzen. Lieber lieferte man Erdgas nach Deutschland als verunglückte Liebesgeschichten von früher und heute.

Wäre Igor mit seinen medizinischen Kenntnissen, mit seinem ganz passablen Deutsch und Englisch, mit seinen Westkontakten nicht wenigstens ein brauchbarer Soldat und Spion an der Südflanke, nämlich in der Türkei? Istanbul ist immer noch eine Drehscheibe der geheimen Operationen aller Couleur!

Natürlich ist die offizielle Botschaft Russlands in der Hauptstadt Ankara zu finden. Aber das Generalkonsulat in Istanbul platzte vor lauter Personal nahezu aus allen Nähten. Igors Aufgabe war dort im Moment nicht so klar. Andere überwachen und selbst stets überwacht werden, das war zwar schon klar, und warten und nochmals warten auf einen spezifischen Auftrag. „Langweilig? Schon, aber besser als in Sibirien mit der Zeit einzugehen und elend zu verenden!", sagte sich Igor. „Inzwischen will ich einfach dieses Riesengebilde von 15 bis 17 Millionen mal ansehen, die als einzige Megastadt auf zwei Erdteilen liegt und in der verschiedene Kulturen verschmelzen.

Auch die Geschichte hat es in sich. Man denke dabei nur mal an die elf Kriege zwischen dem Russischen und dem Osmanischen Reich! Zwischen den einzelnen Kriegen lagen im Schnitt gerade mal 13 Jahre. Im Verlauf von 1568 bis 1878 verlor das Osmanische Reich etliche Kriege und musste nach und nach Gebiete rund um das Schwarze Meer abgeben. Alles führte zu einem Niedergang und Zerfall, und man sprach dann „vom kranken Mann am Bosporus".

Wer denkt heute noch an die Hunderttausende von Toten und Verkrüppelten, an die Millionen von Betroffenen? Mit Hurragebrüll sind sie aufeinander gestürmt und haben sich abgeschlachtet. Die einen im Namen des Zaren und des heiligen Russland, die anderen im Namen Allahs und mit dem Ruf „Tod den ungläubigen Hunden!" Nach dem Angriffsgebrüll folgten für viele Schreien und Stöhnen, Beten und Fluchen und elendiges Zugrundegehen.

Istanbul ist eigentlich keine Stadt, sondern ein Moloch sondergleichen. Sie nimmt momentan den siebten Platz unter den bevölkerungsreichsten Städten der Welt ein. Man findet hier ein Abbild der Antike und des Mittelalters, von Byzanz. Griechen, Römer, Byzantiner, Osmanen, Türken, alle haben zum Teil erhabene Spuren hinterlassen. Der Interessierte findet durch die 2'600 Jahre Geschichte am Bosporus unendlich viel Grossartiges, Trauriges, Schreckliches!

Der Auftrag Igors war festzustellen: Woher kommen die Waffen für den wilden Kaukasus?
Wer liefert die Strategien für all die Terroranschläge? Ist die Türkei ein Zwischenlager für Waffentransporte über das Schwarze Meer? Sind die Lieferanten der Iran, Saudi-Arabien, Syrien? Denn dass die verrückten Träumer von eigenen Gottesstaaten und Scheichtümern dies allein bewerkstelligen konnten, ist einfach unvorstellbar. Bis jetzt war der Erfolg der Nachforschungen und Intrigen spärlich, und Igor wusste, dass er wohl eines Tages abgezogen

und versetzt wurde, wenn er überhaupt auf diesem Gebiet eine Zukunft hatte.

Er streifte ruhelos durch Istanbul und fand nichts heraus. Dabei wurde er natürlich meistens auch überwacht.

Aber er träumte und plante für eine andere und eigene Zukunft! Woher nur die Mittel nehmen, um abzuhauen? Und wie den russischen Fängen entkommen? Denn Moskau vergisst nie und ist überall präsent.

28

Patrick und Brigitte hatten sich viel zu erzählen. Sie trösteten sich gegenseitig und wussten dabei gleich, dass alle diese Trostpflästerchen nicht richtig wirkten und heilten. Zu gross war die Verwundung bei beiden.

„Eine radikale Abwechslung tut uns gut, Paps!", meinte schliesslich Brigitte. „Auch heute noch ist die Welt gross und weit. Das solltest du eigentlich besser wissen als ich! Vorschlag: Wir reisen zusammen für ein paar Tage nach Istanbul. Der Schmelztiegel dort, Orient und Okzident, der Gegensatz der Kulturen, zwei Erdteile, die sich irgendwie arrangieren, Altertum und Neuzeit, das Zusammenprallen verschiedener Religionen, eine Fahrt auf dem Bosporus, reizt dich dies nicht? Warst du auch schon mal dort im ‚Versunkenen Palast'!"

„Woher kennst du den, und was ist das genau?"

„Aus einem James-Bond-Film", grinste Brigitte.

„Was ist denn dieser ‚Versunkene Palast'?"

„Ein Wasserspeicher, gebaut unter Kaiser Justinian, ungefähr im Jahre 500 nach Christus. Darüber befand sich eine grosse Basilika, darum auch der Name ‚Cisterna Basilica', mit über 300 jeweils acht Meter hohen Säulen, die alles tragen. Alles ist vermutlich noch bekannter und interessanter als die Hagia Sophia!", erklärte nicht ohne Stolz Brigitte ihrem Papa.

„Woher weißt denn du dies alles?", meinte Patrick etwas erstaunt.

„Im nächsten Leben musst du Archäologie und Geschichte studieren", erwiderte Brigitte schmunzelnd. „Also, habe ich dich neugierig gemacht und gereizt? Es gibt sogar dort sehr schöne Hotels mit grandioser Aussicht!"

„Wir fliegen so bald wie möglich. Vielleicht schon in wenigen Tagen", beteuerte Patrick, plötzlich wieder voller Lebensfreude und Eifer.

„Kannst du Türkisch?", meinte Brigitte augenzwinkernd.

„Nein, aber viele Türken in den grossen Zentren sprechen etwas Englisch und an den Badeorten sogar ein paar Brocken Deutsch!"

„Nun, baden werden wir im Bosporus kaum. Denn auch dort ist ein Gewimmel von Riesentankern und Schiffen aller Art. Zudem glaube ich, dass das Wasser dort schmutziger ist als hier in London die Themse!"

29

Istanbul, das frühere Konstantinopel, oder im alten Deutsch Stambul, ist wirklich eine Riesenkrake, eine Stadt voller Wunder und Wunderlichem, mit einer Geschichte, die ihresgleichen sucht. Römische Kaiser bauten hier ein sogenanntes zweites Rom, Sultane verherrlichten mit Prunkbauten den Islam, das Christentum versank bis zu einigen grossen Titeln der Kirchenfürsten, die säkularisierte Türkei kämpft heute noch mit fanatischen strenggläubigen Moslem. Wohin der Weg führt, ob in die EU oder in einen Fundamentalismus, weiss niemand so recht. Entscheidend wird sein, was die jüngere Generation im Herz und Hirn trägt.

Alle Sehenswürdigkeiten aufzuzählen, würde viele Seiten füllen, und dies wäre vermutlich wiederum langweilig. Bleiben wir also bei einer einzigen und ursprünglich genannten, der Cisterna Basilica, in die eine Woche später, nach einem vollgestopften Flug mit British Airways in der Eco-Class und somit mit miesem Service und unfreundlicher Crew, die wie üblich überfordert war, nach einer noch unfreundlicheren Pass- und Zollkontrolle am Flughafen, Brigitte und Patrick hinter sich brachten.

Ihr gebuchtes Hotel war auch nicht das, was Hochglanzprospekte versprachen. Aber die Aussicht auf diese Riesenkrake von Stadt war beeindruckend oder gar etwas beängstigend.

„Wo führt dies alles hin", sinnierten beide bei einem guten türkischen Kaffee auf der kleinen Terrasse, bevor sie sich auf den Weg machten in den Versunkenen Palast. Wenigstens waren ihre Probleme für beide für einige Zeit weg, im Angesicht der riesigen Probleme hier. Der Eingang in die Unterwelt war recht bescheiden. Zwei oder drei Wächter kontrollierten lässig die heute Morgen noch wenigen Touristen und gaben mürrisch das Ticket zurück.

Unendliche Stufen ging es hinab, je tiefer je dunkler und auch etwas glitschiger. Immerhin, das ganze Werk hat 1500 Jahre überdauert. Diese spätantike Zisterne bezieht heute noch ihr Wasser bester Qualität aus dem Hochland weit westlich von Istanbul und hat ein Fassungsvermögen von etwa 80'000 Kubikmetern. Die vielen mächtigen Säulen, die aus dem Wasser ragen und das alte Gewölbe tragen, sehen aus wie Wesen aus Dantes Unterwelt. Alles liegt in einem diffusen gelblichen Licht, und man schreitet unsicheren Fusses über die Gehwege aus Holz.

„Wenn da irgendetwas morsch ist, plumpsen wir ins Wasser und können kaum mehr rauskrabbeln. Alles ist irgendwie unheimlich. Komm, wir wollen wieder ins wirkliche Licht zurück!", meinte Brigitte nach einiger Zeit, etwas beklommen von der ganzen Atmosphäre dieses riesigen Raumes.

„Ja, von mir aus so schnell wie möglich", erwiderte Patrick, seinerseits auch unsicher geworden. „Mir sind die Pyramiden von Gizeh oder die Chinesische Mauer lieber, zumal jene gigantischen Bauwerke tausende von Jahren alt sind. Warum sind wir eigentlich hier?"

„Um endlich mal abzuschalten und in eine andere Welt einzutauchen, Paps. Wir haben dies beide sehr nötig!"

„Aber hier möchte ich nicht ,eintauchen'! Wer weiss denn, was für Viecher sich hier im Wasser herumtreiben?" Schnaufend erreichten beide nach unzähligen Stufen wieder das grelle Licht des Tages und schauten sich um nach einem kühlen Drink.

Gleichzeitig mit ihnen schlüpfte auch der Russe Igor Smyrnov wieder hinaus in das Gewimmel der Stadt, der da unten die beiden mit glühenden Augen beobachtet und verfolgt hatte.

„Welch ein Zufall – oder ist es Schicksal?", fragte dieser sich, zutiefst aufgewühlt. „Ist die Welt wirklich ein Dorf geworden?" Igor erkannte Patrick auf Anhieb wieder. Und er nahm sich vor, die beiden zu beschatten. Sicher wusste dieser Geistliche aus Augsburg, wo sich Anna herumtrieb. Er würde dies aus dem Kerl nötigenfalls herausprügeln. Diese Anna konnte er nie vergessen. Seine Gefühle zu ihr waren immer noch ein Mischmasch zwischen Hass und Liebe.

„Hier habe ich noch eine Rechnung offen! Aber diese Anna hatte ja nur Augen für diesen alten Bock von einem Pfaffen und für eine grosse Karriere im Westen, gefüllt mit prallen Beuteln aus dem Erbe ihres ebenso geilen Vaters, der nichts anderes wusste, als eine schöne junge Russin zu verführen und zu schwängern!"

Er folgte den beiden unauffällig, wie er dies gelernt hatte bei seiner Kurzausbildung, durch das Gewühl der Stadt bis zu deren Hotel. Zum Glück oder Unglück wurde seine Bewachung bei dieser Hexenjagd durch die Stadt abgeschüttelt. Mit einem fürstlichen Bakschisch für den Portier erfuhr er auch die Zimmernummer von Patrick. Igor rieb sich die Hände vor teuflischer Freude im Gedanken daran, wie er alles über Anna aus dem Kerl herausholen würde. Ein angehender Mediziner kennt die schmerzhaftesten Stellen am Körper, und ein russischer Geheimdienstler lernt da noch einiges mehr hinzu.

30

Anna beendete ihr Medizinstudium in Augsburg mit „Summa cum laude". Ihre Dissertation mit dem Titel „Die Medizin in der Sowjetzeit" war vermutlich nicht nur für das Archiv geschrieben, sondern reizte manch einen Leser. Der Doktorhut stand ihr prächtig, wenn dieser auch nur für den obligaten Fototermin getragen wurde. Und nun wollte sie weg nach Zürich! Der freie Personenverkehr machte einen Wechsel relativ leicht. So fand sie innerhalb kurzer Zeit eine Anstellung am dortigen Universitätsspital zu einem für ihre Begriffe respektablen Salär.

Anna war schlichtweg begeistert von Zürich. Die für russische und vielleicht auch für deutsche Begriffe eher kleine Stadt musste man im ganzen Umfeld sehen, um sie zu verstehen. Sicher: Es fehlen imposante Gebäude aus früheren Zeiten der Könige oder Kaiser oder auch Despoten, es fehlen berühmte und grosse Kathedralen und vergoldete Türme, riesige Denkmäler von Helden der Nation.

Aber Little-Big-Zurich mit seinen eineinhalb Millionen Menschen in diesem Ballungszentrum, international gut angebunden, die liebliche Lage am See, von schönen Hügeln umgeben, sauber, allgemein wohlhabend, die direkte Demokratie für alle Bürger, in einer Viertelstunde von der City auf einem Waldspaziergang, viele Museen und Kunstangebote und ein Dutzend und mehr weitere Vorzüge, etliche Jahre als lebenswerteste Stadt der Welt erkoren, das alles sind schon Fakten, die einem flüchtig fotografierenden Japaner und Inder auf irgend einer Brücke stehend, nicht bekannt und bewusst werden. Man muss dort wohnen und den Pulsschlag des täglichen Lebens spüren.

Genau dieser Pulsschlag machte Anna glücklich. Natürlich, die Leute anderswo sind vielleicht herzlicher und liebenswürdiger. Hat man aber hier erst Kontakt zu Einheimischen gefunden, die sogar aus vielen Nationen kommen, denn jeder vierte oder fünfte Mensch in Zürich ist Ausländer, kann man echte Freundschaften schmieden.

Anna liebte den Luxus an der Bahnhofstrasse, nicht zum Kaufen, sondern zum Bestaunen, sie streifte stundenlang durch die Wälder am Zürcher Hausberg, dem Uetliberg, verweilte manche Stunden im schönen und weitläufigen Zoo, besuchte Museen und Konzerte, Kleintheater und Oper oder fuhr mit den blitzsauberen Wagen der Strassenbahn einfach kreuz und quer durch die Stadt.

Dabei dachte sie, ohne sich das zuzugeben, oft an Patrick, auch an Igor, und fragte sich, was die beiden wohl machten. „Leben sie überhaupt noch. Und wenn, vegetiert und versauert Igor in einem sibirischen Umerziehungslager und Patrick in muffigen Akten über seinen Gott und seine Kirche in London? Gott? Gibt es dich doch? In irgendeiner Form vielleicht, denn ich fühle in mir nicht nur Intellekt oder Instinkt, sondern doch eine Art Seele?! Und eine Art Sehnsucht nach einer intensiven und wärmenden Beziehung!

Bin ich rundum glücklich? Nein, ich mache mir was vor, denn im Grund der Dinge bin ich eine unstete Suchende. Ich weiss nur nicht genau, was ich suche! Den Sinn des Lebens vielleicht? Ich muss eine Pause machen und eine grössere Reise unternehmen. Mal nach Asien, zur Quelle alter Denker, nach Indien oder China. Allein in den beiden Ländern, nimmt man den alten Subkontinent Indien zusammen, also mit Pakistan und Bangladesh, lebt die halbe Menschheit. Buddha, Konfuzius allein, sind Quellen grösster Weisheiten. Immerhin lebten diese etliche Jahrhunderte vor Christus. Auch die indischen Gottheiten haben bis heute in Hirn und Herz vieler Hindus überlebt.

Oder soll ich vorerst mal etwas näher nach Ägypten oder die Türkei reisen? Allein in der Ägyptologie finden Menschen ein Leben lang Forschung und Entdeckung. Aber erhalten diese alle auch schlüssige Antworten auf meine Fragen und innere Unruhe? Patrick!", durchzuckte es Anna. „Sollten wir nicht unsere verunglückte Nacht in Augsburg vergessen und miteinander sprechen über den Sinn oder Unsinn des Lebens?"

Eine konkrete Anfrage in London ergab aber, dass Patrick zusammen mit seiner Tochter für einige Zeit nach Istanbul verreist sei! „Hat er sich also mit ihr versöhnt oder umgekehrt? Soll ich von Kleinasien zum wirklichen Asien trampen?", fragte sich Anna solange, bis sie ein Ticket bei Turkish Airlines nach Istanbul in der Tasche hatte.

„Zuerst also in das Gewimmel von Istanbul, zu den alten Erzfeinden von Mütterchen Russland! Mit meinem deutschen Pass wird das kein Problem sein.

31

Anna war überwältigt von der Grösse, dem Gerüchen, den Menschmassen, dem europäischen, asiatischen und auch arabischen Einfluss der Stadt. Drei Kontinente geben sich hier die Hand. Allein die unbedingt empfohlenen Sehenswürdigkeiten bräuchten einen Monat, um sie alle zu sehen, geschweige denn zu geniessen.

Die blaue Moschee, die Sultan Camii ab 1609 erbauen liess, ist eines der Wahrzeichen der Stadt. Schwerelos wölbt sich der Innenraum, deren Kuppel von vier Säulen gestützt, 25 Meter überspannen. Alles zu Ehren Allahs und seines Propheten, den der Ruf des Muezzins verkündigt, heute natürlich über Lautsprecher. Das Eintauchen in die Märkte Istanbuls ist ebenso ein Erlebnis, denn im überdachten Bazar bieten etwa 4000 Geschäfte eine Fundgrube sondergleichen.

Nennen wir auch den weltberühmten Topkapi-Palast. Von Süleyman, dem Prächtigen, erbaut, von seinen Nachfolger erweitert, wurde der Harem zu einer eigenen verborgenen Stadt ausgebaut, in der zweitweise bis 1'200 Menschen lebten. Wie viele Eunuchen ermordet, Kinder ertränkt, Frauen erdrosselt und vergiftet wurden, verdeckt die hohe Mauer des Schweigens bis heute. Das Privatleben der Sultane entzog sich dem öffentlichen Einblick. Was mag der Tourist von heute bei einem Rundgang heute noch empfinden? Die Hagia Sophia, vor über 1450 Jahren als eine der grössten christlichen Kirchen erbaut, wurde 1935 als riesige Moschee zum Museum erklärt. Die Mosaiken, Arabesken, die ganze Kunst alter Architekten und Bauleute, bringen auch heute noch ein andächtiges Staunen hervor.

„Welche Wunder, aber auch welche Scheusslichkeiten, brachte die Religiosität, der Glaube, vor allem aber auch dessen fanatischen Auswüchse in all den Jahrtausenden hervor", dachte sich, befremdet, bewundernd und innerlich auch etwas frierend Anna. „Was überwiegt nun, das Schöne oder das Scheussliche? Auf diese Frage suche ich eine Antwort.

Aber wo ist Patrick, mit dem man darüber offen sprechen könnte. Wie heisst denn schon wieder die Kirche, in der er ein hohes Tier ist? Ich habe den Namen vergessen. Gibt es hier in Istanbul vielleicht auch eine ‚Ablage' davon, und wenn ja, wo? Aber wohl kaum, denn hier ist ja alles und jedes islamisch!"

Sie blätterte in einem alten Telefonbuch die verbliebenen christlichen Kirchen durch und wurde nicht fündig. Sie suchte in einem Internetcafé und fand einen Namen, der ihr ins Auge stach. Eine kleine Gemeinde, irgendwo in einem Aussenbezirk der

Riesenstadt, vermutlich nicht mal mit einer eigenen Kirche, sondern nur in einer Wohnung – und dahinter eine Telefonnummer! Ein Anruf Annas wurde in Türkisch abgenommen, wechselte aber dann schnell in Englisch und Deutsch. Einen Patrick Müller kannte diese freundliche Frau am Telefon nicht, aber irgendwie kam ihr dieser Name doch bekannt vor.

„Wissen Sie Frau Petronowski, kommen Sie doch einfach am Sonntag zum Gottesdienst vorbei. Wir haben Besuch eines Predigers aus Deutschland hier. Dann verstehen sie auch etwas! Vielleicht kann dieser Mann Ihnen irgendwie weiterhelfen!"

„Danke vielmals", meinte etwas verwirrt Anna, nicht Petronowski, sondern Petrowna. „Soll ich dahin gehen oder nicht? Nun, ich habe in meinem Leben schon viel verrücktere Dinge gemacht. Warum denn nicht?"

32

Igor klopfte ziemlich energisch an Patricks Zimmer im Hotel und meinte in Englisch: „Room-Service"

„Ich habe nichts bestellt! Sie verwechseln die Zimmernummer", erwiderte Patrick, etwas nervös, wenn nicht gar erschrocken. Er wollte mit seiner Tochter an diesem späten Vormittag die kleine Gemeinde seiner Kirche besuchen, in der er noch nie im Leben war. Er verwunderte sich sogar, dass es hier eine solche überhaupt gab. Zurzeit von Paulus gab es zwar sieben bekannte Gemeinden in Kleinasien, wie in der Bibel zu lesen ist. Aber heute? Der Weg zu diesem kleinen Stützpunkt seiner Kirche war weit, und das Taxi bestellt. Er band sich sogar gerade eine Krawatte um, als dieser aufdringliche Kellner weiter klopfte und meinte, ein Bekannter vom ehrenwerten Effendi hätte den Auftrag für eine Flasche Champagner gegeben.

„Champagner, morgens um neun Uhr? Ich habe hier keine Bekannten!"

„Champagner trinkt man jederzeit! Bitte öffnen Sie, mein Tablett ist schwer!"

Misstrauisch öffnete Patrick die Zimmertür und erschrak zu Tode. Sofort wollte er die Türe wieder zuschlagen, aber Igor war viel schneller und stiess diese mit aller Wucht auf. „Sie sind doch dieser Russe, der hinter Anna her war und sie entführen wollte", stotterte Patrick verwirrt. „Was zum Teufel machen Sie hier in Istanbul?"

„Kennst du mich noch, du widerwärtiger Lustmolch und Pfaffe? Sehr gut! Ich bin beim russischen Geheimdienst tätig und will mit dir ein Hühnchen rupfen! Wie du bemerkst, spreche ich inzwischen ganz gut Deutsch. Und nun wirst du reden wie ein Wasserfall! Wo ist Anna?" Bei diesen Worten schloss Igor die Zimmertür und drohte mit einer kleinkalibrigen Pistole mit Schalldämpfer.

„Das hier ist *mein* Champagner, den ich dir bringe! Wer ist das kleine Luder an deiner Seite? Hast du schon wieder ein Flittchen gefunden, oder ist dies gar deine Tochter? Wenn ja, so werde ich auch sie zum Reden bringen!" Ein kaum hörbares „Plopp", und Patrick hielt sich schmerzverzerrt den linken Oberarm, der einen Streifschuss abbekam und blutete, während die Kugel hinter ihm ein billiges Bild der Hagia Sophia durchlöcherte und sich in die Wand bohrte.

Patrick schrie im gleichen Augenblick „Hilfe, Brigitte, ich werde umgebracht!"

„Aha, Brigitte, also doch dein liebes Töchterchen! Sie soll ruhig kommen. Mit zwei solchen Marionetten werde ich allemal fertig. Als es erneut an die Türe klopfte, riss Igor diese blitzschnell auf und beförderte die aschfahle Brigitte energisch ins Zimmer. „Ein lautes Wort von euch beiden, und Brigitte ist mausetot", zischte er leise. „Und ein falsches Wort, dann verklebe ich euch Mund, Hände und Füsse wie bei einer Mumie! Also: Wo ist Anna Petrowna?"

„Ich weiss es nicht", stotterten beide in ihrer Höllenangst. Patrick fügte hinzu: „Wir hatten keinerlei Kontakt mehr miteinander. Ich bin nach London versetzt worden und habe dort meine Tochter erst kürzlich wieder getroffen! Anna muss in Augsburg weiter studiert haben und ist inzwischen vermutlich promovierte Ärztin!"

„Weiss ich alles, Opa! Aber sie ist nicht mehr in Augsburg, sondern in Zürich! Aber *wo*
in Zürich? Ist zwar nicht eine Riesenstadt wie Moskau oder Istanbul. Aber dort hat es mehr Spitäler und Privatkliniken für reiche Araber und Russen als in einer Megastadt! In welchem Krankenhaus arbeitet sie in Zürich?"

„Ich habe wirklich keine Ahnung, Igor!"

„Sieh mal an, sogar meinen Namen kennt er noch, der weise Theologe. Aber eine Adresse in Zürich kennt er nicht!", lächelte Igor giftig und drückte nochmals ab. Diesmal traf er den rechten Oberarm, und jetzt nicht nur mit einem Streifschuss. Die Kugel blieb im Fleisch stecken, und Patrick schrie wie am Spiess!

„Noch einen Ton, und deine Tochter ist mausetot!", drohte der Russe: *Ich will die genaue Adresse und Anschrift!* Verkauft mich nicht für einen Idioten!"

Durch den Lärm im Zimmer wurden aber inzwischen auf dem Flur des Hotels andere Leute angelockt. Ein Stimmengewirr in verschiedenen Sprachen drang durch die dünne Zimmertür. Igor herrschte Patrick und Brigitte herrisch an: „Sofort auf den Balkon hinaus oder ich bringe euch auf der Stelle um! Es ist mir ein Leichtes, euch als Spione hinzustellen, die ich aus Notwehr erschossen habe!"

Sie torkelten auf den Minibalkon im achtzehnten Stockwerk hinaus, auf dem die drei kaum alle Platz fanden. „Schöne Aussicht hier oben, nicht", äffte Igor die völlig verschüchterte Brigitte und den vor allem schmerzverzehrten Patrick an. „Schöne Stadt, wenn man sie von oben sieht! Aber unter all diesen Dächern ist meist ein einziger Sauhaufen. Ich habe gehört, Zürich müsse viel schöner und vor allem sauberer und reicher sein! Also ein letztes Mal oder ihr fliegt auch ohne Flügel auf diese Dächer hinunter: Anschrift von Anna in Zürich. Ich will jene schöne Stadt auch mal kennenlernen!"

„Ehrlich, Igor, wir wissen es beide nicht!"

Dieser zielte nun mit seiner Pistole zuerst auf Brigitte und wollte kaltblütig abdrücken, als ihm vom Nebenbalkon eine Flasche auf den Kopf geknallt wurde und er aufstöhnend zu Boden sank. Ein deutscher Nachbar hatte die Geistesgegenwart, die Bedrohten dadurch zu retten.

Bald waren Polizei, ein Arzt, der Hoteldirektor und weiss der Himmel wer alles im Zimmer und auf dem Minibalkon. Nach einer Injektion gegen die Schmerzen und einem Notverband durch einen Arzt begann nun eine andere endlose Fragerei.

Wie das eben so ist mit sogenannten „Diplomaten", wurde Igor bald einmal in die russische Botschaft „überwiesen", da seine Aussagen so wässrig waren, dass man sich kaum wagte, einen offiziellen Haftbefehl zu erlassen. Sollen sich doch die Russen selbst mit diesem vermutlich kleinen Fisch beschäftigen. Vermutlich „kümmerten" sie sich schon bald um ihn – auf ihre Weise!

Statt in ihre kleine Kirche zu gehen, wurden die schon etwas kuriosen Touristen, Patrick zur Behandlung seiner Schusswunden und Brigitte als eher lästige Begleiterin ihres Vaters, in ein naheliegendes Krankenhaus gefahren.

Von einer offiziellen Anklage gegen Igor sahen die beiden ab. Was hätte diese hier am Bosporus auch gebracht? Vermutlich jede Menge weiteren Ärger! Istanbul war für Patrick und Brigitte out! Für immer und ewig. Sie reisten so bald wie möglich ab.

„Allah sei Dank. Der Fall hat sich erledigt und wir haben ein paar lästige Ausländer weniger", war der leise Kommentar auf dem Revier in Istanbul.

33

Anna betrat mit gemischten und komischen Gefühlen den kleinen Saal der Kirchgemeinde, in dem sich etwa dreissig Personen versammelt hatten. Vermutlich zwei oder drei Türken, alle andern gewiss Touristen aus Deutschland. Sie vernahm auch von einem Pärchen leises Geflüster im ihr inzwischen bekannten Schweizerdeutsch. Eine kleine elektronische Orgel wimmerte irgendeinen Choral.

„Wann war ich zum letzten Mal in einer religiösen Versammlung?", fragte sie sich. „Vor Jahren mal in einer orthodoxen Kirche in Sankt Petersburg, um mir eine Sache anzuschauen, der heute noch hunderte von Millionen Menschen nachhängen.

Wie war ich damals enttäuscht, aber gleichzeitig überwältigt von all den Vergoldungen und der Inbrunst vieler Gläubigen. Das konnte einfach nicht alles Theater sein. Und hier bin ich enttäuscht über die Nüchternheit und Bescheidenheit des Raumes, aber irgendwie angetan von der Herzlichkeit der Leute und ihrer Vorfreude auf das Kommende. Nun, was sollte denn da überhaupt kommen", dachte sie sich.

Die Leute sangen ein Lied mit der bekannten Melodie „Ich bete an die Macht der Liebe" in einem Durcheinander von Englisch und Deutsch. „Wissen diese Menschen, dass dieses Lied von einem Russen stammt?," fragte sich im Stillen Anna und schaute den Singenden zu und zu einem Mann, der inzwischen hinter einer Holzkonstruktion stand, den man vermutlich Kanzel oder Altar nannte.

Dieser Geistliche betete und predigte frei und ohne Manuskript, was ihr einen gewissen Eindruck machte, obschon sie vom Inhalt dieses Vortrages oder der Predigt wenig oder nichts begriff. Ein sogenanntes Abendmahl wurde gefeiert, an dem sie, um nicht aufzufallen, auch teilnahm. Am Schluss fragte sie eine Frau, deren Stimme ihr vom Telefongespräch her noch bekannt vorkam, ob sie die Suchende sei, die nach der Adresse gefragt habe.

„Ja, bin ich", meinte Anna kurz und wollte sich schnell davonmachen. Diese Frau aber meinte: „Fragen Sie doch den Prediger nach dem Mann, den sie suchen und der in unserer Kirche weit herum bekannt sein müsste. Vielleicht kann er Ihnen weiter helfen!"

„Warten Sie einen Moment. Meistens gehen wir nach der Kirche noch zu Kaffee und Kuchen, um etwas länger – wie sagt man in Englisch? – Fellowship zu haben. Ich stelle Sie unserem Prediger vor. Er kommt alle zwei oder drei Monate eigens aus Frankfurt hierher angereist, um uns zu bedienen!" Annas

Abwehr ignorierte sie und fragte den schwarz Gekleideten, ob er einen gewissen Patrick Müller kenne. Diese junge Frau dort fragte mich nach ihm!"

„Freundlich lächelnd kam dieser auf Anna zu, gab ihr die Hand, und meinte auf Deutsch und Englisch: Sind Sie Engländerin oder Russlanddeutsche?"
„Nein, Deutsche, aber mit russischen Wurzeln", meinte Anna widerwillig. „Es ist auch nicht wichtig!"

„Aber Sie suchen einen gewissen Herrn Patrick Müller? Nun, er war einer der höchsten Würdenträger unserer Kirche und bereiste die halbe oder ganze englischsprachige Welt. Durch den Tod seiner Frau und andere Umstände verzog er dann nach London! Ich kann Ihnen seine Anschrift geben, wenn Sie mir Ihre Adresse anvertrauen."

„Nun, dafür bin ich Ihnen dankbar, wenn es keine allzu grosse Mühe bereitet!"

„Im Gegenteil, er wird dies gewiss gerne tun, nach allem, was ich von ihm gehört habe!"
Anna gab sich einen Schubs und meinte etwas forsch: „Also meine Anschrift Anna Petrowna, Zürich, Schweiz, Glärnischstrasse 143. Ich bin Ärztin am dortigen Universitätsspital. Er kann mir mal schreiben oder mich anrufen. Nachdem Peter Schmidt die Adresse auf ein Blatt Papier kritzelte und meinte: „Zürich, welch eine schöne Stadt in der noch schöneren Schweiz", war Anna plötzlich wie

vom Erdboden verschwunden und schalt sich einen Trottel.

„Daraus wird niemals etwas". Dabei dachte sie an jene kuriose Nacht mit Patrick in Augsburg, nach der sich beide irgendwie geschämt hatten und über sich selbst wütend waren.

Sie flog tags darauf in die Schweiz zurück und tröstete sich mit dem Entfernen von entzündeten Blinddärmen und anderen chirurgischen Kleinigkeiten. Aber sie hoffte auf die Herzchirurgie.

Ein Brief aus Istanbul erreichte die Kirchenleitung in Zürich. Von dort erhielt Anna mitten in stürmischer Zeit im Krankenhaus mit vielen Überstunden eine herzliche Einladung zum Besuch einer Kirchgemeinde.

„Ob ich mal hingehe? Nun, momentan habe ich einfach keine Zeit." Ob sie wirklich mal ging? Nun, es gehr ihr vermutlich wie den meisten Menschen. Zuerst muss eine Lebenskrise oder eine Notlage eintreten, bis man wieder mal den „verstaubten Gott" sucht.

Zudem war da noch ein Tausendsassa von Herzchirurg, der Anna schöne Augen machte und an dessen Finger kein Ehering zu sehen war. Wirklich ein hübscher Schweizer Knabe. Aber wusste der inzwischen vielleicht schon, dass Anna über drei Millionen Euro schwer war? Das ist auch für einen tüchtigen Schweizer Arzt eine erkleckliche Summe!

Anna suchte die „Erleuchtung" auf einem Trip nach Indien und Nepal. Sie fand aber als doch realistische Frau die Achttausender des Himalaya am meisten faszinierend.

Epilog

Robert Seiler und seine Tochter Anna nahmen sich eine Auszeit und reisten in den hohen Norden, um die Seele baumeln zu lassen.

„Harmonie ist eigentlich langweilig", meinte Brigitte zu ihrem Vater Patrick mit Blick über einen tiefen Fjord in Norwegen, in dessen gekräuselten Wellen sich schneebedeckte Berge spiegelten.

„Es ist schön, nicht mehr einsame Spitze und dadurch oft einsam an der Spitze zu sein", murmelte dieser gedankenverloren. Patrick hörte erst gar nicht auf seine Tochter. „Ich hoffe, dass dies immer so bleibt. Du findest also Harmonie langweilig? Nicht, wenn alles von Liebe getragen und erfüllt ist! Die Zukunft bringt gewiss noch manche Umwälzungen auf vielen Gebieten. Der wirtschaftliche Niedergang der USA ist langsam vorgezeichnet. Russland erlebt vermutlich nochmals eine Sezession. Was kommt nach? Erstarkung von Indien, China, Brasilien? Vormarsch des Islam? Wird es dann besser auf unserem Planeten? Die vielgerühmte, vielgeschmähte und kritisierte Bibel hat doch recht, denn irgendwo steht sinngemäss geschrieben, dass ein Königreich ums andere vergeht, dass aber Gott ein Königreich aufrichten wird, das nicht mehr vergehen wird. Ich glaube nicht, dass dies wieder als Übersetzungsfehler abgetan werden kann, und dass dieses Wort von schlauen Leuten nachträglich hineingeschmuggelt wurde."

„Papa, du bist ja schon wieder am Predigen. Und niemand hört dir zu!", meinte Susi mit einem leisen Lächeln.

„Das bin ich mich in letzter Zeit gewohnt."

Sinnend blickten sie weiter auf das Wasser, das inzwischen im Mondlicht silbern glänzte. Der leise Wellenschlag hörte sich an wie die flüsternde Stimme aus einer anderen Dimension. Verstaubter Kitsch? Kaum, denn die Stimme der Natur ist niemals Kitsch!

„Lebt der alte Oleg weit oben im Norden wohl noch? Es würde mich wirklich reizen, den alten Seebär mal kennen zu lernen", dachte Patrick. Sie machten sich auf nach Hammerfest, um ihn zu suchen. Als sie nach Tagen endlich vor seiner einsamen Hütte standen, waren Türen und Fenster geöffnet, aber niemand zu sehen. Sie entdeckten seine Leiche nach geraumer Zeit.

Ein herbeigerufener Arzt meinte: „Vermutlich ist er seit Tagen tot. Das muss in der Gerichtsmedizin festgestellt werden."

Oleg gehörte keiner Kirche an und war vermutlich ein Freidenker oder Atheist. Niemand wollte eine Trauerfeier durchführen. Man kannte den alten Mann auch nicht recht. Patrick erbot sich an, eine schlichte Andacht in der Kirche zu halten. Anschliessend wurde er doch allen Ernstes gefragt, ob er nicht gewillt sei, die vakante Stelle des Pfarrers zu übernehmen.

Ob er diese annahm? Man weiss es nicht. Dazu müsste man mal nach Hammerfest oder gar nach Kirkenes reisen!

Weitere Bücher von F.U. Ricardo bei Books on Demand

Brot und Salz
 ISBN 978-3-8391-1612-8, Paperback, 140 Seiten

Die Kerze
 ISBN 978-3-8391-1882-5, Paperback, 164 Seiten

Der Raub des Luzerner Mädchens
 ISBN 978-3-8370-3802-6, Paperback, 164 Seiten

Drama am Weissfluhjoch und am Tafelberg
 ISBN 978-3-8370-3567-4, Paperback, 180 Seiten

Drei Welten – drei Leben
 ISBN 978-3-8370-9983-6, Paperback, 220 Seiten

Eifersucht
 ISBN 978-3-8370-8259-3, Paperback, 196 Seiten

Grosser kleiner Mann? – Kleiner grosser Mann
 ISBN 978-3-8391-5212-6, Paperback, 180 Seiten

Leuchttürme
 ISBN 978-3-8391-1170-3, Paperback, 124 Seiten

Mit Scherz und Schmerz zum Herz
 ISBN 978-3-8391-5285-0, Paperback, 168 Seiten

Nichts Neues! Wirklich?
 ISBN 978-3-8391-1067-6, Paperback, 124 Seiten

Paradies und Hölle in Ascona
 ISBN 978-3-8370-6426-1, Paperback, 132 Seiten

Reicht ein Quadratmeter?
 ISBN 978-3-8391-4807-5, Paperback, 136 Seiten

Schmelztiegel
 ISBN 978-3-8391-0433-0, Paperback, 196 Seiten

Sehnsucht Puszta
 ISBN 978-3-8391-4148-9, Paperback, 140 Seiten

Wolken über der Toskana
 ISBN 978-3-8391-4431-2, Paperback, 140 Seiten